R

ITSUKO

She is delicate, and a slim woman.

CONTENTS

vol.X

■原田政志　　陰でネアンデルタール人と呼ばれるほどの強面だが、世話好きのよき先輩。

■佐藤若菜　　勝利が家庭教師をしている、原田先輩の妹。

■中沢博巳　　光が丘西高校の教師。かれんの元同僚で、彼女に好意を抱いている。

vol.X PROFILE

◈前巻までのあらすじ

高校３年生になろうという春休み。父親の九州転勤と叔父夫婦のロンドン転勤のために、勝利は、いとこのかれん・丈姉弟と共同生活をすることになった。しぶしぶ花村家へ引っ越した勝利を驚かせたのは、自分の通う高校の美術教師となったかれんの美しい変貌ぶりだった。

五歳年上の彼女を愛するようになった勝利は、かれんが花村家の養女で、彼女がかつて慕っていた『風見鶏』のマスターの実の妹だという事実を知る。そんな勝利に、かれんは次第に惹かれはじめ、二人は秘密を共有する仲になる。

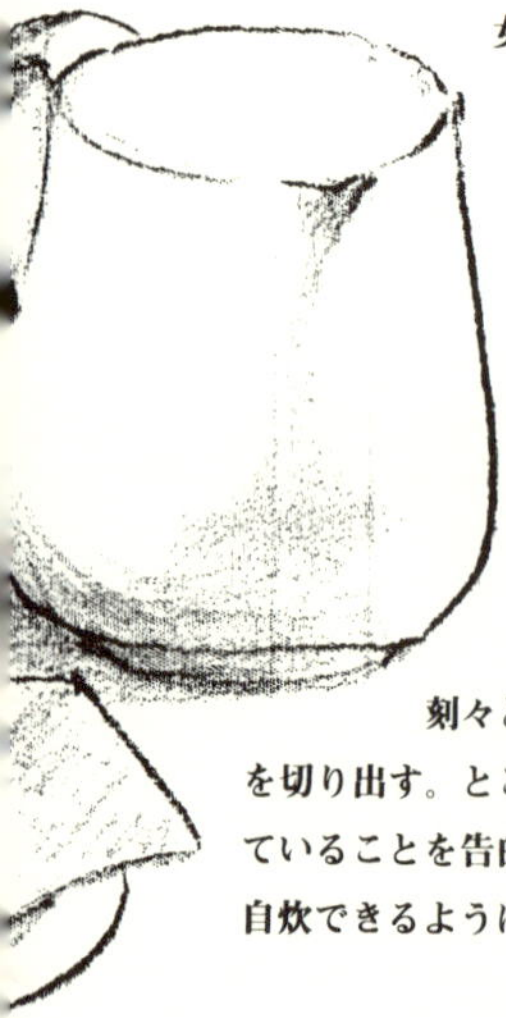

しかし、勝利が大学生になっても、二人の仲は進展しない。焦りを覚えた勝利は、叔母夫婦の帰国、父親の再婚・帰京を機に一人暮らしを始めるが、一方のかれんは鴨川へ移住して介護福祉士を目指すことを決意、勝利に打ち明ける。うすうす気づいていたものの、勝利の動揺は激しかった。

刻々と移住の時期が迫るなか、かれんはようやく、両親に鴨川行きを切り出す。ところが、思っていた以上の猛反対にあい、ついには真実を知っていることを告白してしまう。そんなかれんの固い決意を前に、母・佐恵子は自炊できるようになることを条件にこの件を許可する。

かれんに料理を教えつつも複雑な思いを抱えていた勝利は、イヴの夜、かれんをデートに誘った。

■和泉勝利　大学3年生。年上のいとこ、かれんと付き合っているが、彼女が転職したことから、遠距離恋愛に……。

■花村かれん　介護福祉士になるため、教師をやめて鴨川の老人ホームで働いている。

■花村 丈　姉と勝利の恋を応援する、ちょっと生意気な高校２年生。

■マスター　喫茶店『風見鶏』のオーナー。かれんとは実の兄妹。

■星野りつ子　大学の陸上部マネージャー。勝利に想いを寄せている。

おいしいコーヒーのいれ方X
夢のあとさき

ALL BY MYSELF

1

「言っとくがなあ、『スランプ』なんて言葉を使っても許されンのは、ほんのひとにぎりの一流選手だけだぞ」

僕ら陸上部の部員を前にしてそう言ったのは、ネアンデルタール原田《はらだ》だった。三月に行われた春合宿でのことだ。

去年四年生だったはずの先輩がいったいなんだって春合宿なんかに参加していたかといえば、単位が足りなかったというか、卒業させてもらえなかったというか、要するにまあめでたく留年が確定したからだったのだが——それにしたって、留年早々後輩たちに混じって堂々と合宿に出てくるあたり、たいした度胸だと思う。下級生ばかりか同学年になった連中にまで「先輩」と呼ばれるのは、どういう気分がするものなんだろう。べつに知りたくもないけれど。

ともあれ——そのとき、原田先輩はこんなふうに言ったのだった。

自分の走り。自分の跳躍。自分の投擲《とうてき》。何であれ、ひとつの道を一度は極《きわ》めた者がなおはまりこんでしまう泥沼をスランプと呼ぶならわかる。でも、

「まだどれをとっても未熟なお前らごときが落ちこむ穴ぼこなんぞ、単なる練習不足か、せいぜい伸び悩みでしかねえだろうが。ったく、甘ったれたこと言ってんじゃねえ。聞いてるだけでこっぱずかしいぞ」

そのとき絶不調だった安西《あんざい》（そもそもスランプだなんだとぼやきだしたのは奴《やつ》だったのだ）は、「はい、すンませんでした」と神妙な面持《おもも》ちだったし、そばで聞いていた僕も、なるほどもっともだと思った。言い方こそきついが、中身は間違っちゃいない。進化の途中の猿人《えんじん》もたまにはいいことを言うもんだ、と感心したくらいだったのだ。

だから——いま僕が陥《おちい》っているこれのことだって、僕自身、スランプなどと呼ぶつもりは毛頭ない。きっと、「単なる練習不足」でしかないんだろう。自分では必死に練習してるつもりでもまだ足りないんだろうし、そうでないとしたら「せいぜい伸び悩みでしかない」んだろう。

中学時代や高校時代にも、こうして壁にぶつかることくらい何度もあった。苦しかったし悩みもしたけれど、その都度《つど》どうにか乗り越えてはきたのだ。調子がいい時の自分の走

りや跳び方と、今のそれとをビデオに撮って見比べ、悪いところを直し、いいところはそのまま残して調整すれば、じきに前のように跳べるようになるはずだ、と……。そう自分に言い聞かせ、これまで以上に練習に打ちこむようになってから、けれどじつはもう、ふた月以上がたとうとしている。

記録は、伸び悩むだけならまだしも、悪くなる一方だった。

高校では短距離と走り高跳《ハイジャンプ》びを主にやってきた僕だったが、一年ほど前に、跳躍種目だけ走り幅跳《ロングジャンプ》びに転向した。去年の夏あたりから、もともと高跳びの練習の一環としてやっていた幅跳びのほうでなぜだか面白いように記録が伸び始め、OBのコーチからもそっちを強く勧められたのだ。

あの頃はちょうど、自己新プラス数センチのバーがどうしても越えられず、無情なまでに毎度落っこちるばかりのそれを見るのもいやになっていた時期だったから、目先を変えてみることにそれほどためらいはなかった。むしろ、踏切板を蹴《け》って跳ぶたびに距離がぐんぐん伸びていくことに興奮さえ覚えていた。もしかして自分はけっこういい線いってるんじゃないか。このまま順調に伸ばしていくことができれば、来年あたりには関東でもわりと上位に食い込めるんじゃないか。そんなことを思って調子をこいていたほどだったのだ。それなのに――。

あれ、なんかおかしいな、と思ったときにはもう遅かった。助走から踏み切り、空中での姿勢から着地まで、最初はほんのささいな誤差だったはずが、直そうとすればするほどかえって大きくズレていき、気がついたときにはそう簡単に立て直しがきかないほどにまで狂ってしまっていたのだ。原因は膝《ひざ》の角度なのか、腰の高さなのか、それとも上体の傾きか、腕の動きか……どこからどう直していいものやら、今となっては見当もつかない。あんなに何度も跳んで体に覚えこませたはずのすべてが信じられなくなり、それならいっそ何も考えずに思いきって跳ぼうとすれば、踏切板を踏み越えるファウルばかりが増えていく。

　これまで積みあげてきたものが無に帰する様《さま》は、まるでトランプの塔が崩れるみたいなあっけなさだった。

　でも、今度ばかりはもう、逃げを打つわけにはいかない。幅跳びもどうやらイマイチみたいだからまた高跳びに戻ります、なんていうのも、じゃあ次はハードルを試してみます、なんてのも、どっちも論外だ。というか、そんなの最低だ。

　八月に行われる大会まで、あと残り二か月を切ってしまった。それまでに、なんとしてでも、せめて七メートルをコンスタントに跳べるところまで調子を戻さなくちゃならない。三年生になった今年からは僕らが幹部。率先して後輩たちを引っぱっていくべき立場だというのに、こんなことでどうするんだ、そう思いつめれば思いつめるほど、強くなるのは胃の痛みばかりで、それに反比例するみたいに練習での記録は落ちていく。

そう、これはスランプなんてものじゃない。例の原田先輩の言葉に付け足すならば、スランプというのは一流の選手にしか許されない言葉であると同時に、いつかはそこから抜けられる確信を前提に言うものだ。

僕のは、ただのドツボでしかなかった。

ただし、これまでで最も深いドツボだった。

＊

「めずらしくねえ？　勝利《かっとし》が不調だなんてさ」と丈《じょう》が言った。「オレと違って、そんなに波とかないほうだったじゃん」

水曜の午後六時過ぎ。僕らが平日のこれくらいの時間に『風見鶏《かざみどり》』で一緒になるのは、このごろではそうめずらしくない。やつが学校帰りに（時には京子《きょうこ》ちゃんも一緒に）立ち寄るのと、僕が週に二度、家庭教師のバイトへ向かう前に寄るのとがちょうど重なる時間帯なのだ。

去年の秋、この店でバイトしていた頃、ミスにミスを重ねてマスターに叱《しか》りとばされたことは今でも胸の奥でしこりのようになっているけれど、だからといってマスターとの間にわだかまりを残したいわけじゃない。

へお前、いっぺんここを離れてみちゃどうだ。——お前もそろそろ自分から出ていって、

広い世界を見る努力をしたほうがいい。今度のことはある意味、いい機会だと思うがな〉

あの言葉を、マスターが百パーセント僕のためを思って言ってくれたことはよくわかっている。だからこそ、四月に新しくバイトを始めて以来、僕はあえて積極的に『風見鶏』に顔を出すようにしているのだった。

店の中にはほかにも客が数人いて、僕と丈はいつものようにカウンターの角に陣取り、マスターがていねいに落としてくれたブレンドを味わっていた。抑えた音量で、さっきから70’Sの曲ばかりが流れている。外は、雨。梅雨《つゆ》入り宣言はまだもう少し先のはずだけれど、それにしてはこのところよく降る。今夜も家庭教師先の家まで篠《しの》つく雨の中を十分以上も歩かなくてはならないことを考えると、思わず溜《た》め息《いき》がこぼれた。

「なあ、もし勝利さえヤじゃなかったらさ」溜め息の意味を取り違えたのか、丈のやつがガラにもなく気遣《きづか》わしげに言った。「今度その、撮ったビデオ見してよ。いやほら、オレなんかに見せてどうすんだって思うかしんないけど、これでも部活のダチとかからは頼りにされてんだぜ、けっこう鋭い指摘するって」

丈のほうも、中学からずっと走り高跳びを続けている。前に一度だけ大会を見にいったことがあるが、バネの強さを感じさせるいいジャンプをしていた。

「そっか。じゃ、今度うち来たとき頼むわ」

と僕が言うと、丈は、おっしゃ、まかしとけ、と嬉《うれ》しそうな顔をした。

「けどさあ、何がきっかけでそうなっちゃったんだろな。思いあたることとかねえの？」

「……いや。べつに」

「ふうん」口をへの字にして、丈がカウンターに頬杖《ほおづえ》をつく。「あン時は、えっれぇ気持ちよさそうに跳んでたのにな」

「あの時？」

「ほら、姉貴の引っ越しン時さ。砂浜で跳びっこしたじゃん」

「あんなもん、」と僕は苦笑した。「まともに跳んだうちに入るかよ」

「そりゃそうだけど、でも勝利、あン時すっげきれいに跳んでたぜ？　へへ、姉貴の前だからって張りきって本気出しちゃってさあ」

カウンターの中にいるマスターの手前ちょっと気恥ずかしくて、

「るせぇっての」

丈の頭をぺしっとはたく。いてっ、と首をすくめながらも、丈は調子に乗って続けた。

「ま、飛ぶ鳥のごときオレ様のフォームには負けるけど？」

「よく言うよ。結局、距離ではお前が負けたくせに」

「そっ、それはほら、助走の途中にフグみたいのが転がっててさあ」

「俺はとっさによけたぞ。反射神経の差だな」

「……ちきしょ」

悔《くや》しそうに鼻に皺《しわ》を寄せて、丈のやつはブレンドをずずず、とすすった。

こいつが言っているのは、春休みの終わり——かれんの引っ越しの手伝いで、僕と丈とが鴨川《かもがわ》へ泊まりに行った時のことだ。しばらく閉めきっていた家の掃除《そうじ》と、業者が運びこんだ段ボール箱の荷ほどきと片づけ。ほかにも市役所とか銀行とかであれやこれやの手続きをすべて終えるのに、丸二日かかった。

そうして二日目の夕方、僕らは早めの時間にバスに乗って駅前まで出かけていき、国道沿いの回転寿司屋《かいてんずしや》（お隣の高梨《たかなし》さんが安くて旨《うま》いと教えてくれた店）で腹いっぱい新鮮な寿司を食い、そのあと、腹ごなしに海べりを散歩した。翌日には佐恵子《さえこ》おばさんが御近所への挨拶《あいさつ》がてら様子を見にくることになっていたから、その夜はいわば、羽目をはずしてのびのびやれる最後の機会だったのだ。

薔薇色《ばらいろ》に暮れなずむ春の海……。いつもだったら、かれんと二人きりで歩きたかったな、とか思いそうなところなのだけれど、あの時はなぜだかそんなふうに思わなかった。明日かれんと別れたら本当に離れればなれの生活が始まってしまうというのに、どうしてだか二人でいたいとは思わなかった。むしろ、これからは丈も混ぜた三人でゆっくり過ごす機会なんてどんどん少なくなっていくんだろうなと思ったら、そのことのほうがせつなくて、なんだか胸の奥がひくひくして困った。

丈がどんな気持ちでいたかは知らない。とにかくやつはいつも以上におどけて、遊歩道

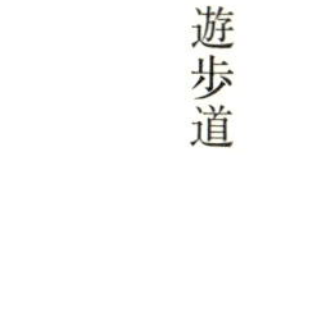

脇《わき》の防波堤に手をついて倒立をしたかと思うと、〈ぐぇ〜っ食ったもんが出てきそ〜！〉だの、〈ウニとイクラだけは意地でも出さねえぞ〜！〉だのと叫んではかれんを笑わせ、そのままゆっくり背中の側へ倒れこんで、体操選手みたいに下の砂浜へ着地した。

〈わあ、すごいすごい！〉

目をみはって拍手したかれんの横顔が、夕映《ゆうば》えに美しく染まっていたのを覚えている。それをきっかけに、僕と丈は半《なか》ば競うように砂浜でバック転だの倒立歩きだの、片腕だけの腕立て伏せだのをかれんにして見せてやり、そのあと、どちらから言いだすともなくあの賭《か》けをしたのだった。

助走つきの幅跳びで、どっちが遠くまで跳べるか。助走の歩数は自由、ただし踏切板の位置だけはあらかじめ線を引いておく。高校二年と大学三年、年の差と専門分野の違いと自己記録の差を考えて、ハンディは七十センチ。チャンスは一人三回までで、負けたほうが駅前のソフトクリームを三人ぶんおごること。

そもそも助走路からして砂地という悪条件だから、僕だって最初から本気を出そうと思っていたわけじゃない。お遊びなのはわかっていたし、たとえ負けたってソフトクリーム三つぐらいならたかがしれている。

けれど丈のやつは、僕が予想していたよりはるかにうまく跳んだ。とくに三回目のジャンプなんか、ハンディは五十センチで充分だったかとこっちが内心あせるくらいで、だから僕自身の三回目はといえば、思わず真剣なものになってしまった。どれくらい真剣かというと、いつもだったら充分なウォーミングアップ無しでは絶対跳ばないくらいにだ。

結果はどうにか僕の勝ちで、丈はさんざん悔しがりながらも、約束どおり僕とかれんのぶんまでソフトクリームを買ってよこした。

〈すっごいねえ、二人ともー〉バス停まで歩く道々、かれんは興奮さめやらぬ顔でくり返した。〈まさかあんなに跳べるなんて、思ってもみなかった。もう、大迫力なんだものー。ああびっくりしたー〉

上気した頬を見るにつけ、僕としては大いに気分が良かった。

もちろん――この時点での僕にはまだ、予感すらなかったのだった。三度目の着地の時、ほんのわずかにひねった程度だと思った背中の痛みが、のちに自分のフォームをここまで見失う最初のきっかけになろうだなんて。

でも、今となってはあれが原因だとしか考えられないのだ。厳密には、新年度が始まってからも痛み続ける背中をかばいながら強引に跳び続けてしまったことで、他の部分にしわ寄せがいって徐々に徐々にバランスが狂っていったのだろう。内緒で医者にも行ってみたが、筋を痛めただけだから特に心配いらないと言われたし、実際、痛みそのものは一か月ほどで消えたというのに……記録だけがさっぱり元に戻らない。

長くて深いトンネルにもぐったまま出てこられないでいる僕を、同期の連中ばかりか星《ほし》

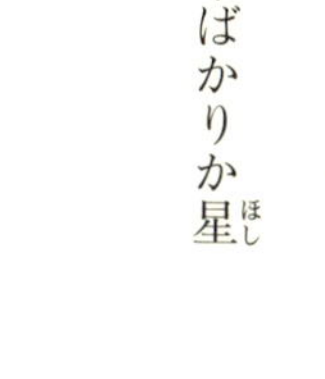

野《の》りつ子や原田先輩までが気にかけてくれているのはわかっていたけれど、そもそもの原因については誰にも話していなかった。訊《き》かれたときには、心当たりはないと答えている。いくらなんでも、〈好きな女の前で高校生と勝負して本気を出したせいです〉だなんて、みっともなくて言えるわけがないじゃないか。

「——ってば！」

腕をつつかれて、我に返る。

「……あ、え？」

「バイト何時からだっけ？　そろそろ行かなくていいのかよ」

壁の時計を見あげる。六時を十五分過ぎたところだ。

「まあ、あと五分くらいかな」

「雨だし、早めに出といたほうがよくね？」

「……かもな」

言いながら、さめたコーヒーの残りを飲みほす。

天井の隅に取り付けられたＢＯＳＥのスピーカーから、ＣＭでもよく耳にするバラードが流れている。

すぐに立ちあがる気にもなれなくて、カウンターの端に置いてあったＣＤジャケットを手にとって裏を見た。——エリック・カルメン。タイトルは、

「へえ、この曲、『All By Myself』っていうんだ?」と、横から覗《のぞ》きこんできた丈が言った。「どういう意味?　……『全部自分でやります』?」

　思わず吹きだしてしまった。

「じゃなくて、」家庭教師先の子に教えるみたいな気分で僕は言った。「『まったくのひとりぼっち』ってな意味」

「ちぇ」丈は口を尖《とが》らせた。「っとに英語ってわかんねぇ」

All by myself,
Don't wanna be, all by myself anymore……

　ゆったりとしたピアノとストリングスにのせて、甘い声の男がせつせつと歌いあげる。ひとりきりはいやだ、もうひとりでなんかいたくない。でも自信を持つのは難しくて、時々すごく不安になるんだ、愛は遠く離れ、曖昧《あいまい》で、その傷は癒《い》えもしないまま……。センチメンタルなメロディに触発されるみたいにして、ふっと脳裏に浮かんだ小さな白い顔を、僕はあえて振りはらった。まだ一日は終わっちゃいない。今から彼女のことばかり考えて悶々《もんもん》とするわけにはいかない。一度考えはじめたら止まらなくなるのはわかっている。何しろ、かれんとは春以来ろくに顔を合わせていないのだ。

もとよりそう頻繁《ひんぱん》に行き来できるとは思っていなかったけれど、まさかここまで会えないなんてのは計算外もいいところで、それもこれも半分以上は僕のせいなのだと思うと、なおさら悔しくてたまらなかった。

別々に暮らしはじめた四月の後半から、僕の不調ぶりは誰が見てもわかるくらいになり、おかげでゴールデンウィーク中もグラウンドに通い詰めざるを得なくなった。原田先輩やコーチまでが付きっきりで見てくれるというものを、みんなの足を引っぱっている張本人が断るなんてできようはずがない。

そうしてようやく地獄の連休が明けたと思ったら、今度はかれんの仕事が本格的に忙しくなって、土日返上はもとより、昼夜のシフトの関係で休みがまったくの不定期となってしまった。新米扱いはもう終わりというわけだ。彼女に合わせて平日会いに行こうにも、僕だって幹部として週に平均四日は部のほうに顔を出さなくてはならない立場だ。もちろん授業もあればゼミだってある。

結局そんなこんなで、僕らは春以来、本当にすれ違いばかりなのだった。六月の初めにたった一度、彼女が花村家《はなむらけ》へ里帰りした時に会えただけで、それだってほとんどの時間は家族と一緒。やっと二人きりになれたのは、帰りに東京駅まで送っていった間だけだ。かれんの乗った外房線《そとぼうせん》の特急をホームで見送る時なんて、彼女につらい思いをさせないようにに「またすぐ会えるよ」なんて笑いかけながらも、本当は僕のほうこそつらくてどうにかなりそうだった。ポケットの中でぎゅっと握りしめたこぶしを、少しでもゆるめたりしたら、締《し》まりかける扉に発作的に走りこんでしまいそうだった。

　正直言って、いま僕がここまで精神的に参っているのは、不調のせいばかりじゃない。認めるのも情けないけれど、かれんの顔が見られないことが――あの柔らかな体を抱きしめられないことが、こんなにこたえるものだとは……。

　いつのまにか、曲が知らないものにかわっている。

　マスターはこちらに背を向けて、さっき入ってきた客のために黙々とコーヒーをいれているところだ。この香りはたぶんトラジャだろう。

　この店でバイトしていた間、ずっとマスターの傍《かたわ》らに立ち、一挙手一投足を目に焼き付けて盗める技術はぜんぶ盗んだつもりなのに、どういうわけかいまだにあの味に追いつくことができない。普通の客にはまずわからないだろうけれど、常連の中でもとくに舌の肥《こ》えた人に飲み比べてもらうとやっぱりわかるらしくて、こっちのが旨い、と指さされたほうが必ずマスターのいれたコーヒーなのだ。

　ガス台に向かって立つ、白いシャツに包まれた大きな背中をぼんやり眺《なが》めやりながら、

「……やっぱ遠いよなあ」

　ぽつりとつぶやいた声が聞こえてしまったらしく、当のマスターがちらっとこっちをふり返って、ひげの奥で苦笑《にがわら》いした。

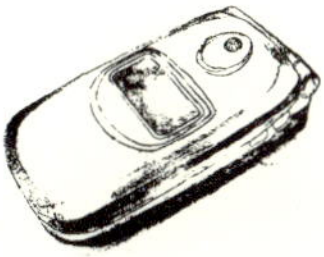

「なーにを情けないことを。たった二時間ぽっちの距離、遠いうちに入るか」

いや、今のはそういう意味じゃなくて、と言いかけて——やめた。

マスターがけげんそうに眉《まゆ》を上げる。

「……なんでもない。ごちそうさま、コーヒー代ここ置いとくよ」

「ああ。気をつけてな」

丈に手を振って店を出る。後ろでカラン、とドアベルが鳴るのを聞きながら、傘《かさ》をさして歩きだした。

むしむしする空気が体じゅうにまとわりつくのが不快でたまらない。もれそうになる溜め息を我慢《がまん》して歩き続ける。バイト先の家は、駅の向こう側にひろがる団地の奥のほうにある。

(やっぱ、遠いよな……)

そう、何もかもがほんとうに遠い。前だったら軽々と跳べていたはずの距離も、マスターの背中も。

ついでに言わせてもらうなら、列車で「たった二時間ぽっち」の鴨川だって、僕にとっては地の果てのように遠いのだ。

僕自身が引っ越しした時でも、かれんに見られては困るものというのはまあ、いろいろあった。〈見られるとちょっと恥ずかしい〉といった程度の他愛ないものから、〈見られたら超ヤバいっしょ〉的なブツに至るまで、全部合わせれば小さめの段ボール箱ひとつぶんくらいはあったかもしれない。いや、中くらいの箱だったろうか。

まあそのへんはともかくとして、女性であるかれんの場合は、僕なんかとはまた別の意味で、男どもには勝手に触られたくないものがけっこうたくさんあるはずだ。

ほんの一例をあげるなら、たとえば僕のほうは（かれんさえイヤでなければ）自分の下着を彼女がたたんで引き出しにしまってくれたって別にどうも思わないが、かれんのほうは（たとえ僕がいやでなくても）自分の下着を僕がたたむなんてことは言語道断だろう、と――要するにそういうことだ。

そんなわけで、この春に行われたかれんの引っ越しは、まったくの分業制で進んだ。僕と丈がタンスとか机とかドレッサーなんかの大物をおさまりのいい場所に設置したり、本《ほん》棚《だな》を組み立てたり、屋根にのぼってテレビのアンテナの向きを調整したり、古い自転車を修理して油を差したりといった作業に精を出す間に、かれんが自分の寝室と決めた奥の六

畳でひたすら段ボール箱を開けては片づける……というふうにだ。

いい天気だった。庭先では枝垂《しだ》れ桃が咲きみだれ、道をはさんだ目の前の畑には一面、菜の花がまぶしいくらいに光り輝いていた。すぐ裏手の林からはウグイスの声が響き、水が満ちた田んぼでは気の早い蛙《かえる》たちが軽やかに鳴きかわしていた。三人とも作業中はふだんよりいくらか言葉少なだったけれど、息はぴったり合っていた気がする。

一日目の夜は、もちろん僕が台所に立った。かれんが奥の部屋で本の山と格闘《かくとう》していることはわかっていたので、内緒の作業ものびのびやれたのだ。

間仕切《まじき》りの板戸を閉め、テーブルの上に材料をひろげて、用意しておいた丸いスポンジケーキを三段にスライスする。泡立てた生クリームとカスタードと、昼間買ってきた鴨川産のイチゴを刻んでサンドし、スポンジのまわりにもヘラでホイップクリームを塗《ぬ》りつけて、てっぺんに丸ごとのイチゴを飾る。バニラエッセンスじゃなくて本物のバニラビーンズを使ったから、やっぱり香りからして違うよな、などと悦に入っているところへ、ふいにガラッと板戸を開けられてぎくりとした。

〈うっわ、なに勝利、そんなもんいつのまに作ったのさ〉

目を丸くしている丈にシーッと指を立てながら、早く板戸を閉めろと身ぶりで合図する。

〈スポンジだけは自分とこで焼いてきた〉僕は小声で言った。〈ここのオーブンレンジだと、まだ加減がわかんないから〉

〈もしかして、姉貴の就職祝い？〉

〈っていうかまあ、新しい門出《かどで》祝いっていうかさ〉

〈ひゃー、愛だね愛〉

〈言ってろよ〉

〈勝利ってさあ……〉言いかけて、丈がニヤッとした。〈ん、まあいいや〉

〈なんだよ、言えよ〉

〈や、なんつうかこう……見かけによらず、乙女《おとめ》なとこあるよね〉

〈おとっ⁉　てめッ、ゆうにことかいて、〉

〈ゆうこ、と読みます〉

〈………〉

　ぐったり脱力しきった僕を見てゲラゲラ笑いはしたものの、まあ丈なりに思うところはあったのだろう。自分にも何か手伝わせろなどと殊勝なことをぬかすものだから、僕はデコレート用のチョコを渡してやった。チューブ状のペンみたいになっているやつだ。今どきは製菓の材料にもいろんなものがある。

〈これで真ん中んとこにメッセージ書けよ〉

〈なんて？　アイラブユーって？〉

〈アホか。『祝・新生活』でいいよ〉

〈おっイイねー、新婚生活〉

〈新生活ッ！　耳遠いんか、お前！〉

〈えぇー普通すぎてつまんねぇじゃん、そんなの〉

〈普通でいいんだよ！　ウケ狙《ねら》ってどうすんだ。いいから、失敗しないようにきれいに書けよな〉

〈ちぇー。……まあいいや、ハートマークも付けちゃお。ぷくく〉

〈おいコラ〉

〈だいじょぶだいじょぶ、まかせろって。これでも俺、昔から書道だけは先生にほめられたんだぜ〉

〈嘘《うそ》つけ〉

〈ほんとだって〉

〈なんてほめられたんだよ〉

〈字の大きい人間に根っからの悪人はいないって〉

いささか不安なものはあったが、バカをかまってばかりもいられない。そろそろメシのほうだって作らなくてはならない。

後は丈に任せることにして、僕はアサリと地元の魚介でソースを作り、三人ぶんのパスタ（つまりほぼ五人ぶん）を大鍋にゆでながらスープとサラダを用意した。野菜はほとんどが隣の高梨さんにもらったものだった。味見してみると、どれもほんとうに味が濃い。

　こういうふうな豊かさというのもあるんだなと思った。目の前の畑でとれた野菜にしろ、港に揚《あ》がりたての魚介類にしろ、ひとつひとつは高価なものじゃないけれど、都会じゃまずめったに口に入らない。

　はじめに一応シャンパンで乾杯をして（かれんは例によって一杯だけだ）、ささやかなイタリアンを堪能《たんのう》した。海の幸のスパゲティ・トマトソースと、サニーレタスとルッコラとエビのサラダ、それにオクラのコンソメスープ。

　そうして最後にデザートとばかりに丈が運んできたホールケーキに、かれんは子どもみたいな歓声をあげた。

〈うわぁうわぁ、いつのまにー？　ねえ、いつのまに作ったの？〉

〈へっへー、うまそうだろ。ったく愛されてんね～、姉貴〉

　弟にからかわれて、かれんがお約束のように真っ赤になる。その顔がまためちゃくちゃ可愛《かわい》いものだから、ちょっとばかり丈に感謝したくなる。

　けれど、やつがテーブルの真ん中にもったいぶってケーキを置いたとたん、僕はぎょっとなった。

〈おい丈〉

〈なんだよう〉

〈なんだようはこっちのセリフだ！　なんだよこの字！〉

〈なにって、だから「祝・新生活」だろ？　勝利が言ったとおり書いたんじゃんか。オレって達筆〜〉

〈お前なあ……〉僕は、魂《たましい》が抜けそうな気分でガックリ肩を落とした。〈姉貴のせっかくの新生活を、呪《のろ》ってどうすんだよ〉

「祝」という字の示《しめす》へんが、あろうことか口へんになっていたのだ。「呪・新生活」。

ありゃりゃ、わりィわりィ、と丈は別段悪くもなさそうに言い、かれんのほうも弟のあまりのバカっぷりに笑い転げてくれたからその場はそれで済んだようなものの——。

ひょっとして、ほんとにあのケーキの呪いなんじゃないかと丈のやつを恨《うら》みたくなってくる。そうでも思わないと、ここまで会えない日が続く苛立《いらだ》ちを、どこへ向けていいのかわからないのだ。

ぼんやりしながら赤ペンを手の中でぐるぐる回していたら、

「んもぉーやめてよセンセー溜《た》め息《いき》ばっかりつくのー。それでなくても雨でチョーうっとうしいのにさあ」

すねたような高い声が割りこんできた。

「あ、ごめんごめん」あわてて、隣にひろげられた問題集とノートを覗《のぞ》きこむ。「できた？」

「まだだけど、ケーキ食べたい」

目の前に置かれたイチゴのショートケーキと紅茶が、甘い匂《にお》いを漂《ただよ》わせている。ついさっき、ここのお母さんが二人ぶん持ってきてくれたのだ。

「その問題が解けたらって言ったろ？」

「でも食べたいーっ。早くしないと紅茶がさめちゃうじゃーんっ」

「だったら早く解けばいいじゃないか」

「そんなすぐ解けるわけないもんっ」と隣に座《すわ》った彼女がいやいやと肩を揺《ゆ》らす。「気になって集中できないもんっ。それにセンセー知ってる？　考え事する時は糖分とらないと頭がちゃんと回らないんだよ？　あたしの脳ミソが糖分を欲しがってるのっ。先に食べるったら食べるっ」

わかった、わかりましたよ、と僕は文字どおり両手をあげて降参した。これじゃセンセーとしての威厳《いげん》もけじめもあったものじゃないが、そもそもこの年頃の女の子が甘いモノに対して抱く執念《しゅうねん》に、対抗できるなんて考えるほうが間違っている。

「じゃあ十分だけ休憩《きゅうけい》」

「やった！」

さっそくシャーペンをフォークに持ち替えて、彼女——若菜《わかな》ちゃんはショートケーキに襲《おそ》いかかった。

「ん~おいし~。センセーちょろすぎ~」

「……休憩五分にすんぞ」

「あっうそうそ、センセー優し~、の間違い」

唇の端に生クリームをつけたまま笑う顔を見たら、こっちも苦笑するしかなかった。

佐藤《さとう》若菜ちゃん、十五歳。光《ひかり》が丘西《おかにし》高の一年生で、つまり丈の一学年下、僕にとっても後輩ということになる。

小柄《こがら》でぽっちゃりめ、鼻がつんと上を向いた愛嬌《あいきょう》のある顔だち。校則がけっこう厳《きび》しいせいもあってか、髪は黒いし化粧もしていないけれど、制服のスカートはそれなりに短くて、透明なマニキュアや薄桃色のリップクリームくらいなら「身だしなみ」と言いきってはばからない、要するに、どこにでもいる今どきの女子高生だ。けれど問題は――

「ねえねえそういえばさ、うちのマー兄ちゃんのことなんだけど」

そう、問題はそれなのだ。

「マー兄ちゃん、大学卒業しないで研究室に残ったって話だったじゃない?」

「……うん。それがどうかした?」

「あれってさ、ウソだったんだね」

一瞬ギョッとはしたものの、

「は?」僕はしらを切った。「ええと、どういうことかな、それ」

こんなこともあろうかと予想はしていたから、そこそこうまく平静を装《よそお》えたと思うのだが、

「とぼけなくてもいいよ」

と若菜ちゃんは苦笑した。

「いや、とぼけてるとかじゃなくてさ。よくわからないな、いったい誰がそんなこと言ったわけ？」

「上のオー兄ちゃん」

「……それ、何かの間違いだよ。先輩はほんとに大学に残って、」

「うん、ほんとに残ってるのはわかってるんだけどね。それってマー兄ちゃんが好きで残ったわけじゃなくて、よーするに残されちゃっただけでしょ？　研究室とかじゃなくて、ほんとはただの留年なんでしょ？」

答えられずに固まっている僕を見て、若菜ちゃんはニッと笑った。

「和泉《いずみ》センセーって、意外とポーカーフェイス得意なんだね」

「……なんだよそれ」

「わりと何でも顔に出るタイプかと思ってたんだけど、とぼけっぷりが上手《うま》いっていうか」

「………」

「もしかしてマー兄ちゃんから、あたしにはバラすなってよっぽどおどされた？」

「………」

「けどもうムダだよーん。オー兄ちゃんはうっかり口滑《くちすべ》らせただけだけど、あたし、ママにもカマかけてしっかり裏取っちゃったもん。そりゃまあ？　あんなマー兄ちゃんでもセンセーから見れば先輩なわけだし？　頭あがらないのもわからないじゃないけどさ」

「いや、頭あがらないっていうか、」

「逆らうとおそろしいっていうか？」

「う……まあ、そうとも言う」

「あーねー。マー兄ちゃんて、見るからにおっかないもんね」

否定することも、ましてや肯定することもできずに、僕は困って紅茶をすすった。

そう——若菜ちゃんの小柄で愛らしい外見からはまったく信じられないことなのだが、彼女は、あの原田先輩の妹なのだった。先輩の下の名前が政志《まさし》だから、それで「マー兄ちゃん」。

苗字《みょうじ》が違うのは、何年も前に親が離婚して、男兄弟二人は父親のほうに、妹一人だけが母親のほうに引き取られたためだ。ちなみに、いつもおいしいケーキや和菓子を用意してくれるお母さんは保険の外交においてはたいした手腕らしく、このマンションも母娘二人には充分な広さだし、だからこそこうして家庭教師を雇《やと》う余裕もあるんだろう。

「あのさ」若菜ちゃんがマグカップ越しに僕を見る。「マー兄ちゃんが留年したからって

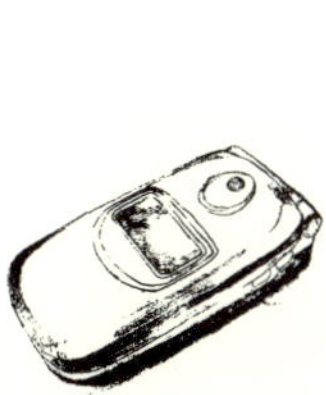

べつに、だからどうだって言いたいわけじゃないんだよ？　ただセンセーに、あたしだってちゃんと知ってるよって言いたかっただけでさ。でも、マー兄ちゃんには黙っててあげてよね。ショック受けちゃうと可哀想《かわいそう》っていうか、あとでいろいろ言《い》い訳《わけ》聞かされんのもウザいから」

「──わかったよ」と、僕は観念して言った。「けど先輩にしてみればさ、」

「どうせ、『若菜にだけはみっともないとこ見せたくないんだ』とか言われたんでしょ？」

……驚いた。まったく一言一句そのとおりだったのだ。

「ふん、わかってるよそれくらい。マー兄ちゃんてば、ふだん離れて暮らしてるせいか、あたしに対してすっごいドリーム入ってるんだよね」

「ドリーム？」

「そ。なんかこう、頭の中に理想の妹ちゃんキャラみたいなのができあがっちゃってるらしくてさ。あたしの前ではやたらとええかっこしいだし、おまけにあたしのこと、根っから奥手で純情で、まだ男の子と付き合ったこともないんだろうって思いこんじゃってんの。あのぶんじゃきっと、あたしがときどき親にウソついて外泊してるなんて知ったら卒倒しちゃうよ」

「いや、俺だって前にそれ聞いたときはかなりびっくりしたんだけどさ」

そう言ってやると、

「えー、今どきフツーじゃん」

ときた。

「ぜぇんぜんフツーだよう。クラスの半分、まではいかないかしんないけど、たぶん三分の一近くはお泊まり経験あると思うよ」

「……フツー、なのか？」

——マジですか。

「べつにアンケートまで取ったわけじゃないけど、たぶんね」

「だけど、親にウソついて泊まるったって限界あるだろ。男どもの家だって、そういつもいつも都合良く留守にはなんないだろうし」

「やだなーもう、センセーってば」若菜ちゃんは、えへらと笑った。「そういう時はラブホ行くにきまってんじゃん」

「ラ……」

「まあ、中にはカラオケボックスとかでサクッと済ませちゃう子もいるみたいだけどね。あたしはああいうとこダメだなー。なんか不潔っぽいし、いつ覗かれるかと思ったら落ち着かないしさ、お隣からへったくそな歌がうっすら聞こえてくるようなとこじゃイマイチひたれないっていうか、ロマンがないじゃん？」

「ロ……」

「センセーもさあ、ああいう適当なとこで彼女さん押し倒したりしちゃだめだよ？　がっついてる男なんて、女のコから見ると最悪だよ？」

「し、しないって、そういうことは」

「ならいいけど」

若菜ちゃんは、平気な顔でイチゴをつっついた。

「んで、さっきの話だけどさ。マー兄ちゃんってば、あたしの顔見るたんびに『彼氏作るのなんか百年早いぞ』とか言うわけよ。百年たったらあたし、シワクチャばあさんだっつの。んっとにいつまでたってもコドモ扱いばっかでさ、こないだの誕生日のプレゼントなんて、ピンクのクマのぬいぐるみだもん、信じらんない」

ぶう、と下唇をつきだして、若菜ちゃんはケーキをぱくんと頰張《ほおば》った。

でも——そのピンクのクマは、今も彼女のすぐ後ろのカラーボックスの上にちょこんと座っているのだ。お尻の下に、小さなクッションまで敷いてもらって。

口ではなんだかんだ言ってても、中身はけっこうお兄ちゃん思いのいい子なんだよな、と思いながら、僕はさめた紅茶をすすって気を落ち着けた。ついこの間まで中学生だった女の子の言動に、いちいち目を回していてどうする……。

正直なところ、僕なんかの常識というか基準からすると、若菜ちゃんというのは羞恥心《しゅうちしん》みたいなものがわりと薄い子のように思えて、でも以前遠回しにそう言ってみたら、例によって「これくらいフツーじゃん」のひと言《こと》で片づけられてしまった。「センセー古〜い」と切って捨てられて、けっこうショックだった。

　とはいえ、さしもの若菜ちゃんも自分の彼氏のことになると悩みは尽《つ》きないらしく、中三の頃から付き合っている彼氏と高校で離ればなれになったことが不安なのだと、僕にもしょっちゅう「オトコゴコロ」について相談してくる。親や二人のお兄ちゃんたちには絶対相談できないと言うあたり、彼女なりに最低限の線引きみたいなものはあるらしい。

　こういう年頃の女の子というのは、なんというか——丈の彼女の京子ちゃんなんかを見ていてもそうだけれど——どんなふうに接すればいいのか対処に悩んでしまう。コドモだと思っていると不意に大人びた顔を見せられてぎくりとさせられるが、頭からオトナ扱いするにはやはりまだ頼りない。とかいって、もしかするとえらそうにこんなことを言っている僕自身、マスターあたりからは同じように思われているのかもしれないけれど。

　はじめに若菜ちゃんの家庭教師を僕に頼んできたのは、もちろん原田先輩だった。

　両親ともに、別段憎みあって別れた夫婦というわけではなく、その後も互いに行き来はあったらしい。若菜ちゃんの家庭教師の件についても、誰かいい人に心当たりはないかと母親から直接相談を持ちかけられたそうで、それでふと、和泉がバイトの口を探していたことを思いだしたのだ、と先輩は言っていた。

〈けどうちの妹、まーだまだネンネの甘えんぼでなあ〉

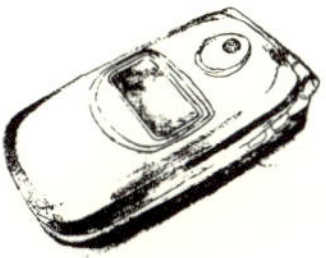

とろけそうな顔で笑いながら先輩は言った。笑顔が一番おっかないのは相変わらずだった。

〈塾なんか行かせたってどうせガッコと一緒で勉強しねえだろうし、あいつには家庭教師のほうが向いてるだろうってことンなってさ。けど、誰でもいいっつぅわけにもいかんだろ? 女の先生じゃ甘えるばっかになっちまうだろうし、だからっつってヘンな男を紹介してもしものことがあってもいけねえしよ。その点ほれ、和泉ならアレだ。とりあえず今んとこは彼女持ちだから安全だろ〉

とりあえず今んとこはって何だ、とムッとなったが、さすがに口ごたえするほど馬鹿ではなかった。僕だってもう少しくらいは長生きしたい。

しかし、彼女持ちなら安全ということは、そうでなかったら僕が先輩の妹に手を出すとでもいうのだろうか。いくらなんでもこっちにだって好みというものが……と思いながら会ったのが、この若菜ちゃんだったわけだ。

いや、びっくりした。片親つながりだとか、じつは貰《もら》われっ子だというならわかるが、正真《しょうしん》正銘《しょうめい》、同じ両親から生まれてきた実の兄妹《きょうだい》だというから本当にびっくりした。

そうして、あとから改めてゆっくり思い起こしてみれば、前に先輩からそれらしい話を聞かされたことはあったのだった。いつだったか僕が勇気をふりしぼって、いったい先輩はどうして星野りつ子をそんなに気にかけるのか、と訊《き》いた時だ。もしかして星野のこと……と言いかけた僕を苦笑でさえぎり、先輩は言ったのだった。

〈そんなんじゃねえって。ただ……あいつな、どことなく似てんだワ。おふくろのほうに引き取られてった、末の妹にな〉

なるほど、いざこうして会ってみると、若菜ちゃんと星野りつ子はたしかに少し似ていた。顔立ちも違うし、どこがどうというのではないのだけれど、しいて言えば目元の印象だろうか。じっと人を見る時の視線の強さとか、笑ったときに目尻が少し下がってひどく人なつっこい表情になるところとか、いたずらっぽくむくれてみせる時の上目づかいとか、そのへんがちょくちょく星野を思いださせた。

「ねえねえそれはそうとさ、」

と若菜ちゃんが覗きこんでくる。思わず体を引いた僕をにらんで、

「何よう」

と文句を言う。

「あ、いや……」

じつをいうと若菜ちゃんの「ねえねえ」と「それはそうとさ」はクセモノで、その次にどんな話題が飛びだすかまったく見当がつかないばかりか、ひどく心臓に悪い内容であることが多いのだ。初めて会った日の休憩時間にさっそく、〈ねえねえ、センセーの初体験っていつ？〉と訊かれたくらいはまだ可愛いほうで、先々週だったかいきなり何の脈絡も

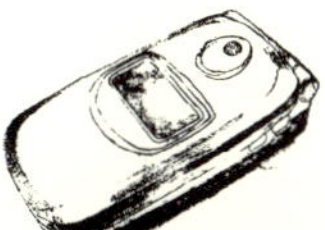

なしに、〈それはそうとさ、ムセーって何？〉とやられた時は、頬張ったばかりのイチゴ大福が喉《のど》に詰まって本気で死ぬかと思った。

それに比べれば、今夜の質問はおとなしいものだった。

「ねえねえセンセー、何かすごく悩んでるでしょ」

「え？　……いや、べつに何も？」

「またまたぁ、ウソばっか。こないだっから溜め息ばっかりついてるじゃん」

「そうかな」

「そうかなじゃないよ。今日だけだって、さっきのでもう十一回目だったんですけどぉ」

そんなものいちいち数えてるから問題が解けないいんじゃないか、と言ってやると、彼女は首をすくめて舌を出した。

「もしかしてさ、前に言ってた遠恋の彼女さんとまだ会えてないとか？」

一応は「さん」づけだけれど、イントネーションは今どきのものだ。

若菜ちゃんにはただ、付き合っているひとはいるけれど今は遠くにいる、といった程度のことしか話していない。かれんの名前や、僕より五つ年上であることはもとより、「じつはセンセーは初体験を未体験」であることももちろん話していない。当たり前だ。そんなことをカケラほども匂わせようものなら、若菜ちゃんがその先を聞きたがって目をランランと輝かせることはわかりきっているし、そうなったが最後、僕には絶対防ぎようがない。飢えたライオンの前に裸で身を投げだすようなものだ。

「あのさ、よかったらあたしが相談に乗ったげるよ?」と、ひどく優しい声で若菜ちゃんが微笑《ほほえ》みかけてくる。「マー兄ちゃんは子供扱いするけど、オンナゴコロのことだったらあたしのほうがセンセーよか良くわかるかもよ?」

　あえてそれには答えずに、

「さてと。休憩終わり」

と言ってやると、若菜ちゃんは掌《てのひら》を返すように不機嫌な声で「えー」と唸《うな》ってまた下唇をつきだした。

　そして、ちょっとドキリとすることを言った。

「ふーんだ。そうやって見栄ばっか張ってて、今に彼女さんにフラレちゃっても知らないからねーだ」

3

　この春、鴨川の老人ホームで働きはじめたかれんからは、一日に一回、写真つきの携帯メールが届く。

　もちろん僕のほうからも同じようにする。それが、遠く離れた僕らの間をつなぐ毎日の

ささやかな約束ごとだ。

今日の出来事を象徴する何かの写真――きれいだと思った花、あるいは出会った人、仲良くなった犬――なんでもいいから毎日ひとつずつ、心に残ったものを写して相手に送る。そうすれば、たとえ会えなくても、互いの目に映ったものを共有することは可能なんじゃないか。どんなに忙しくたって、一日のどこかでメールを一通送ることくらいならたぶんできるだろうから……。そんな僕の提案に、かれんは一も二もなく賛成し、とても喜んでくれた。

〈素敵ね。携帯電話って今まで、ほんとはあんまり好きになれなかったけど、そういう使い方もできるのね〉

そうして、忘れもしない、新生活の第一日目に彼女から送られてきた写真には、小さな木製のフォトフレームが写っていた。携帯の画面に目をこらすと、中に入っているのは僕らが並んで写っているスナップだとわかった。たぶん、引っ越しの時に丈が写してくれたやつだろう。だとすれば、僕が着ているのはクリスマスにかれんが編んでくれた藍色《あいいろ》のセーターで、彼女の喉《のど》もとには（携帯では見えないけれど）僕がプレゼントしたあのネックレスが光っているはずだ。

〈さっき、机の上に飾りました〉

添えられたメールの文面はひと言《こと》だけだったけれど、ともすればそっけなく思えるほどの短い言葉の向こうに、かれんの真っ赤にはにかんだ顔が見えるようだった。

あれ以来……もう何通のメールをやりとりしただろう。

〈何か特別な用事がない限り、メールは一日一回。電話は三日に一回〉

毎日でも長話をしたいのは山々だけれど、お互いまずは自分の場所で一人で頑張る日々に慣れなくちゃいけないからと、かれんと相談して決めたことが間違っていたとは思わない。でも、それをきっちり守るためには——少なくとも僕のほうは、鋼鉄の意志が必要だった。

*

その日、かれんから三日ぶりの電話がかかってきた時、僕は大学のそばの半地下にある喫茶店で、あまりおいしいとは言えないコーヒーを飲んでいるところだった。

部活の帰りで、テーブルの向かい側には原田先輩と星野りつ子がいた。ほんの少し前までは居酒屋で一緒に晩飯を食っていたのだ。

僕の幅跳びの記録は相変わらず低いところで横這《よこば》いのままだったが、どんなに絶不調だろうと、動けば腹は減る。留年してからほとんどコーチ役に徹している原田先輩ともども胃袋の欲求のままに食い過ぎたせいで、すぐには電車に乗るのもおっくうなくらい腹がふくれてしまい、しばらく休憩《きゅうけい》とばかりにコーヒー一杯で長々と居座っていたのだった。

ずいぶん長いこと、ちゃんとものが食べられなくて痩《や》せ細っていた星野りつ子も、このところようやく少しずつ恢復《かいふく》に向かいつつあるように思う。

とはいえ昔の食いしん坊ぶりからすればまだまだで、ほうっておくとすぐに一食や二食抜かしてしまう彼女のために、僕が夕食を付き合うことは今でもけっこうあるのだけれど——このごろでは二回に一回くらい、そこに原田先輩が加わるようになった。去年の夏、練習中に倒れた星野を自宅まで送っていったあの日以来、先輩はちょくちょくこうして意図的に彼女と僕の間に入ってくれているのだ。

ジーンズの尻ポケットで携帯がヴヴヴ……と振動しはじめたのはその時だった。

引っぱりだして画面をちらっと見る。

「すいません、ちょっといいですか」

と立ちあがりかけた僕に、

「おう」原田先輩が言った。「けどここ、電波悪《わり》ぃぞ」

「なんなら外でごゆっくりー」

意味深な口調でからかってよこす星野に苦笑を返し、僕はテーブルを少し離れてから携帯を耳にあてた。

「——もしもし」

『あ、もしもし、ショーリ?』笑《え》みを含んだ温かなアルトが言った。『えっと、いま大丈夫?』

「うん。まだ出先だけど、しばらくなら大丈夫」

『あっ、ごめんね。もしかして、誰かと一緒だった? それならまた後でかけ直……』

「いいっていいって」僕は慌《あわ》てて言った。「やっと手が空《あ》いたんだろ?」

　また後でかけ直すって言ったって、かれんがほんとにそう出来るかどうかは時の運なのだ。これまでにもそういうことが何度かあった。シフトが夜の時は仕方がないとわかっていても、鳴らない電話を待つのはけっこうつらいものがある。なかなか布団《ふとん》に入る気が起きないままに、携帯を何度も手に取っては電波がちゃんと来ているかどうか確かめてしまうのだ。

『……ま………てたの?』

　ピコ、ピコ、という音に消されてかれんの声が途切れ途切れになる。

「あ、ちょっと待って。すぐだから」

　先輩たちのほうへ片手で拝むように謝っておき、店の自動ドアを出ると同時に、もわっとした空気に包まれた。七段ほどの急な階段を駆けあがる。

「お待たせ。聞こえる?」

『あ、ずっとよく聞こえるようになったー』かれんが嬉《うれ》しそうな声を出した。『いま、何してたの?』

「原田先輩とかとメシ食って、コーヒー飲んでたとこ。いや、もう飲み終わってたから心配すんなよ?」

先回りして言ってやると、かれんがくしゅっと笑う気配が伝わってきた。

『晩ごはんは何食べたの?』

「ええと……ピザと、春巻きと、コロッケと焼き鳥とホッケの開きと、グラタンと肉野菜炒《いた》めとおにぎりと、あと何だったかな。なんかいろいろ」

途中からかれんのクスクス笑いが聞こえてくる。

『それって、いったいどういう取り合わせー?』

言われてみればそのとおりで、僕まで笑ってしまった。

「しょうがないだろ、部活で極限まで腹減ると何でもかんでも旨《うま》そうに見えて、ついあれこれ頼んじゃうんだよ。そっちこそ、何食ったのさ」

『んー、私はまだこれからなの』

え、と驚いて、腕時計を確かめた。やっぱり八時半を回っている。

『ちょっとね、あっちこっちで呼ばれちゃって、手が空かなくて』弁解するようにかれんは言った。『でも平気よ。今日はお昼もわりと遅かったから』

「っつったってさあ……」

そんなこと続けてると今に体こわすぞ、と言いかけて、ぐっと飲みこむ。これまでにも何回となく言った言葉だし、そもそも僕に言われるまでもなく、彼女だってそれくらいのことはわかっているはずだ。食事をとる暇《ひま》があるのならとっくにとっているだろうし、とらなかったというならそれは、どうしてもとる暇がなかったということなのだ。

「まあ、不規則になるのはもう、仕方ないんだろうけどさ」と僕は言った。「だったらよけいに、なんとかして三食ちゃんと食えよ。お前が倒れたりしたら、かえって迷惑かけることになるんだからさ」

『ん。ありがと』

「アンパン一個だって食わないよりはマシなんだから。トイレの個室に持って入ってでも絶対食えよな」

『えー、トイレはちょっとー』

笑いながらかれんが言うのを、
「いいから食え」と、さえぎる。「な。頼むから」

『……わかった。ちゃんと食べる』

僕の顔が見えたかのような、真摯《しんし》な返事だった。

『それで、みんなは元気?』

「みんなって?」

『んー、丈とか』

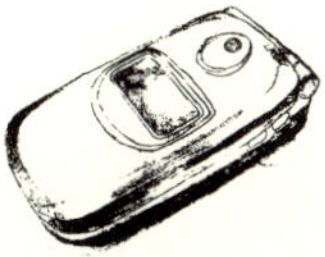

「え、なに、あいつとしゃべってないんだ?」

『母さんたちとはよく話すけど、丈とはこのところしばらく空いてて』

「元気だよ、もちろん」と僕は言った。「つける薬もないくらい元気」

『うわあ、ひどい言われようー』

と、かれんがまたクスクス笑う。

「ほかは……うん、マスターも由里子《ゆりこ》さんも相変わらずだしな。あ、そういえば由里子さんの彫金の店、場所決まったって知ってる?」

『えっほんと? どこどこ?』

「それがさ、俺も昨日聞かされてびっくりしたんだけど、ほら、タバコ屋があったじゃん。お向かいのおじいさんがやってた」

『うそっ。もしかして、』

「うん。あそこを借りられることになったんだって」

電話の向こうがふいにシンとなった。

「今までずっと閉めっきりで借り手がつかなかったのは、やっぱ、あそこでおじいさんが亡くなったってことで敬遠されてたらしいんだけどさ。由里子さんは、自分はそういうの気にしないし、御供養はきちんとしますからって言って、家の人に喜んでもらえたらしいよ。どんなふうにでも自由に改装していいって言われたって」

『……そう』

いいニュースのわりには、なんだかしんみりとした声のかれんに、

「もしかして、ちょっと複雑だったりする？」

そう訊《き》いてやると、彼女は少し黙った後で、

『……どうしてわかるの？』

と言った。

「そりゃわかるよ。お前、あそこのおじいさんと仲良かったし」

急な心臓の発作でおじいさんが亡くなるまで、かれんはずいぶん可愛《かわい》がってもらっていた。あんたは死んだばあさんの若い頃によう似とる、なんて言われて、時々はお茶までご馳走《ちそう》になっていたくらいだ。

『あの、誤解しないでね』と、かれんは言った。『それって、由里子さんがどうってことじゃなくて……』

「うん、それもわかってるって」

『いろいろ思いだして、ほんの少しせつなくなっちゃっただけだから』

「うん」

『でも、考えてみたら、あの建物自体が取り壊されちゃったりするよりずっといいわよね。由里子さんのセンスだったらきっと素敵なお店に』

なるでしょうし、とかれんが言ったその時だ。

いきなり脇腹をコチョコチョッとくすぐられた僕は、思わず飛びあがってふり向いた。

「――星ッ……！」

すでに安全圏に逃れた星野りつ子が、こっちに向かって両手をワキワキ動かしてみせながら声もなく笑っている。思いっきりにらんでやると、彼女はツンとあごを上げ、それから子供みたいにべーっと舌を出してよこした。歩道を行き交う人たちが、何ごとかというように僕と星野を見比べて通りすぎていく。

『ショーリ？』かれんの声が不思議そうな色を帯びた。『どうしたの？』

「あ、いや……」僕は急いで携帯を耳にあて直した。「星……ええとその、星がさ。でっかいのが流れたみたいに見えたから」

なんだその苦しすぎる言《い》い訳《わけ》は！　と自分でツッコミを入れたいくらいだったのに、

『いいなあ、そっちは晴れてるのね』かれんは素直に信じてそう言った。『こっちは曇ってて、星なんて全然見えないのに』

「そ、そうなんだ？　やっぱ、あれかな、百キロ離れると天気も違うのかな」

――どきどきしていた。ひどく後ろめたかった。星野と一緒にメシを食ったことそのものよりも、こうしてかれんに嘘《うそ》をついていることがだ。

ほんとうは今夜はこっちだって曇っているし、たとえ晴れていたって、ネオンの輝く通りから流れ星なんて見えるわけがない。でも、それこそ百キロも彼方《かなた》にいるかれんに向かって、「いま星野のやつが俺のこと後ろからくすぐりやがってさ」だなんて、わざわざ聞かせてどうしようというのだろう。嘘は嘘だけど、これはきっと、かれんが前に言っていた「優しい嘘」に属する嘘のはず——そう思うことでどうにか自分を納得させる。

しかし、星野が店から出てきたということは、原田先輩が会計を済ませている最中ってことだろうか。あとで自分のぶんは返すにせよ、待たせて悪いことをしてしまった。

「じゃあ、そろそろ戻らないと」

仕方なくそう言うと、

『ん、ごめんね。変なときにかけちゃって』

かれんがすまなそうに言った。その声が、ちゃんと名残《なご》り惜《お》しそうに聞こえることにほっとする。

『また明日、メール送るわね』

うん俺も、と言いかけるより早く、

『花村さぁん、お電話よー』

かれんの後ろのあたりから、たぶん同僚の誰かだろう、おばさんっぽい人の声が聞こえた。携帯の送話口をふさいだらしく、答えるかれんの声がくぐもって聞こえる。

『あっすみません、今行きまーす』

『外線の一番だからね』

同じくぐもったおばさんの声が近づいてきて、かれんが携帯で話し中だということには気がつかなかったのか、からかうようにこう付け加えた。

『すっごくいい声の男の人からよぉ？　中沢《なかざわ》さんって人』

心臓が、ばくんと跳ねた。

『ひょっとして彼氏かい？』

『ち、違います！』

さっきよりそのやり取りが遠いのは、かれんの手が送話口をもっと強くふさいだからに違いない。かれんの言葉に重なるように響いたおばさんの笑い声が遠ざかっていき、それから数秒おいて、

『……もしもし？』

おずおずとしたアルトが僕の耳もとに戻ってきた。

『ショーリ？』

「……うん？」

『あの――聞こえた？』

何がだ？

電話の相手の名前がか？

それとも、そいつがお前の彼氏に間違えられたってことがか？

「――いや、よくは聞こえなかったけど」と、僕はまた嘘をついた。「なんか、電話がかかってるって？」

『……ん』

何かを逡巡《しゅんじゅん》するような数秒の間があった後で、かれんは言った。

『なんかね。中沢さんからみたい』

「え？　中沢さんってあの中沢さん？」

わざわざとぼけてみせる自分がいやになる。

『たぶん』

「ふうん」普通に聞こえるようにと、細心の注意を払いながら僕は言った。「どうしたんだろ。何か、生徒のこととかで訊きたいことでもあるのかな」

『そうね、きっと。とにかく行ってみる』と、かれんは遠慮がちに言った。『じゃあ、また明日ね』

「ああ」

晩メシちゃんと食えよな、と最後に言って、僕は携帯を切った。

視界の端に星野りつ子がこっちを見ているのが映っていたけれど、目を上げる気になれずに、手の中の携帯を見つめる。今ごろかれんは中沢氏からの電話を取って、懐《なつ》かしそう

な声で挨拶《あいさつ》を交わしているんだろうか。

　もちろん、僕にだってわかっていた。かれんがさっき、かかってきた電話の主を僕に告げる前に逡巡したのは、彼女なりに「優しい嘘」をつくべきかどうか迷ったせいなんだろう。そこに深い意味は、たぶん、ない。僕が星野とのことをかれんに隠《かく》すからといって星野をどうも思っていないのと同じように、かれんだって中沢氏のことをどうこう思っているわけじゃない。それは信じられる。信じられるけれど——

　だからって、むしゃくしゃしないわけではないのだ。だいたい、とっくに学校を辞《や》めたかれんに、あの中沢がいったい何の用があるっていうんだ。

　液晶の画面が、ふっと暗くなる。

　階段を原田先輩のごつい体が上ってくるのが見えたのを機に、僕はようやく携帯を折りたたんでポケットにしまった。

　無理やりひとつ深呼吸をして、気持ちを切り替える。

　丈や若菜ちゃんにいくら見栄っぱりと言われようが、人前で感情を露《あらわ》にするまいと無意識に身構えてしまうのはもう、性格だからしょうがない。見栄だって、意地だって、一生張り続ければ本物になるかもしれない。

「すいません、長くなっちゃって」

　と謝ると、先輩は気にするなというように手を振り、

「なんか、急に店が混んできやがったからさ。お前、コーヒー半分残ってたけど、べつによかったよな」

「あ、全然」

「んじゃお前のぶん、三百八十円」先輩は、ごつくて分厚いその手をぬっと突きだして催促した。「特別に三百円に負けといてやるよ」

「あ、ラッキー。じゃ遠慮なく」

ごちそうさまです、と素直に百円玉を三つ取りだして渡したら、あきれたように苦笑《にがわら》いされた。

「んっとに遠慮のねえ野郎だな」

「え？　だってこの間は、ちょっと遠慮しようとしたら、シャラうるせぇとか言って怒ったじゃないですか」

「ンなこたぁ忘れた」

「えへへー、私なんか、まるまるおごってもらっちゃったよーん」

と横から星野が言う。

「あっ、ちきしょ。何なんスか、その差のつけ方は」

「そりゃあ、メシをちゃんとしっかり食ったごほうびっつうかさ」

仏頂面《ぶっちょうづら》なのは、どうやら照れ隠しらしい。

「メシなら俺だってしっかり食いましたよ」

「バカタレ、おめえは食い過ぎだ」

先を行く星野が声をたてて笑った。

その後ろを歩きだしながら、

——なんだかな。

近頃すっかり癖《くせ》になってしまった溜《た》め息《いき》をつく。ちゃんと気持ちを切り替えたつもりだったのに、こうして少しでも黙ると、

〈すっごくいい声の男の人からよぉ？　中沢さんて人〉

〈すっごくいい声の男の人からよぉ？　中沢さんて人〉

耳の奥で同じ言葉がしつこくリフレインする。

〈ひょっとして彼氏かい？〉

〈ひょっとして彼氏かい？〉

〈ひょっとして〉

違います！　と、代わりに僕が叫びたかった。

4

「和泉先輩」

「……んう」

「和泉先輩ってば」

「……んあ」

ずっと上のほうから降ってきた声にしぶしぶ目を開けると、丸っこいニキビ面《づら》が僕を見おろしていた。

「すいません、起こしていいもんかどうか迷ったんスけど、あの……そろそろ昼休み終わりますけど、いいんスか？　たしか先輩、午後は授業だったんじゃ」

昼休みが、終わる……？

「うわっ、マジかよ」

ようやくはっきり目が覚めて、腕時計をのぞくと、予鈴まであと五分ほどだった。

「げー、次ゼミだ。起こしてくれてサンキュ」

「いや、そりゃ良かったです」

気の利《き》くニキビくんは、陸上部二年の小松《こまつ》という男だった。

僕はぎくしゃくと体を起こし、今まで寝ていたベンチに座《すわ》った。部室の隣、更衣室のロッカーの間に置かれた、細長くて固い木のベンチだ。

「よくこんなとこで爆睡《ばくすい》できますね」自分のロッカーを開けながら、小松が言った。「体、痛くならなかったスか」

「……なった」

「寝るんだったら、まだ部室のソファとかのほうがマシでしょうに」

「そうだろうけど、寝る予定じゃなかったんだよ」

午前練のあと、岸本《きしもと》たちと一緒に昼メシを食いに行くつもりで、超特急でシャワーを浴びたまではよかったのだ。それが、ほかの連中のシャワーや着替えを待っている間にあまりの空腹感に耐えきれなくなり、朝買ったまま食いそこねていたカレーパンを丸飲みにしたらなんだかどっと疲れが出て、ほんのちょっとベンチに寝そべっただけのはずが――そういえば「和泉、先いってるぞ」とかいう岸本の声に夢うつつで生返事したような――結局、そのまま昼休みじゅう寝入ってしまったというわけだ。

「顔にベンチの跡ついてますよ」

言われて頬《ほお》を撫《な》でてみると、なるほどマリアナ海溝みたいに深くへこんでいるのがわかった。ついでに言えば気分も海溝の底だけれど、それはべつに今に始まったことじゃない。

「小松は、今日は午後練だっけ？」

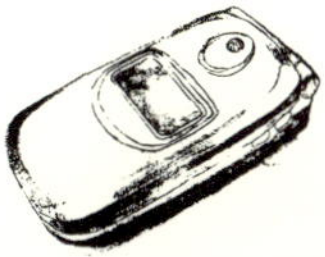

「はい。あの、和泉先輩……」

「うん？」

目を上げると、着替えかけていた小松がまっすぐにこっちを見ていた。ふと、去年まだ新入生の名前と顔が一致する前に、星野りつ子が彼のことを評してこう言っていたのを思いだす。〈何て名前だっけ、ほらあの、おイモの煮《に》っ転がしに似てる子〉——。

「あさっての午後練、先輩も出られますよね？」

「うん、そのつもりだけど、なんで？」

「あの、じつは自分、ここんとこ踏み切りのタイミングで悩んでて……タイミングっていうか入る角度っていうか……その、先輩が大変な時なのはわかってるんスけど、ちょっとだけ、見てもらえないスか」

「そりゃ、かまわないけど」少なからず面食らって、僕は言った。「高跳びのほうは俺、ここしばらくやってないぞ。どうせなら安西とかに見てもらったほうがいいんじゃないのか？」

「安西先輩にも一応相談はしてるんスけど……」

一応って、おいおい安西のやつ、後輩にまで信用無いのかよ、と思ったら、そういうことではなかった。

「自分、ほんというと……」と小松は床に目を落として言った。「和泉先輩のジャンプがすっげえ好きだったんスよ」

「え？」

「自分もほら、中学の時からハイジャンやってたじゃないスか。それなりに自信みたいなのもあったんスけど、大学入って、和泉先輩の見て、うっわーきれいに跳ぶ人いるなあと思って……なんつうか、すっげえ憧《あこが》れて」

「――いや、そんないきなり告《コク》られてもなあ」

小松がきょとんとした顔で僕を見て、それからプッと吹きだした。

「たしかに、今のはちょっと恥ずかしかったスよね」と照れ笑いをする。「でも、先輩のジャンプが好きだってのはマジなんです。ああいうふうに跳ぶのが理想っていうか……。お願いします、ちょっとでもいいから見てやってくれませんか」

ぺこんと頭をさげてよこす。

「――あさってだっけ」

「はい」

あさってなら、安西はいない日だし、僕が見てやっても角は立たないだろう。

「わかったよ」

と僕が言うと、小松の顔がぱっと輝いた。見ているこっちが気恥ずかしくなるほどだった。

「ありがとうございます！」

「いいって。じゃあちょっと早めに、できたら昼休みから来られるか？」

「もちろんです！　絶対行きます！」

「いや、なんでって、まあ俺としちゃここんとこ、練習中は自分のことだけでギリギリいっぱいっていうかさ。ほら、お前もさっき言ってた通り、今は俺あんまり堂々と人のことをとやかく言ってられる立場じゃないから」

「いや、自分そういうつもりで言ったんじゃ、」

「わかってるって。けど、事実は事実だしな」

小松は下を向き、小さい声で、ほんとすいません、と言った。

「けど先輩、ハイジャンのほうももっぺんやって下さいよ。あのまま終わらせちゃもったいないスよ」

「サンキュ。ま、とりあえず今の絶不調から抜け出して、幅跳びのほうで向かうところ敵なしになったらな」

冗談ぽくそう返しはしたものの——。

正直、こんな時に過去の栄光をほめそやされても、かえって身の置き場がないというのが本音だった。幅跳びと高跳びという違いはあるにせよ、今は僕自身がろくに跳べてもいないのに、どの面さげて後輩にアドバイスできるというんだろう。何を言っても説得力なんかないんじゃないかと思えてくる。他人の跳び方の悪いところがわかるなら、自分の跳び方をさっさと直せ、と――誰もそんなこと言いはしないだろうし、思いもしないのかもしれないのに、どうしても気になってしまうのだ。

　幹部という立場が、これほど重く思えたのは初めてだった。下のやつらを引っぱるべき立場の人間が、自分の不調ばかりにかかずらわっていてどうする……。

　立ちあがり、ロッカーの扉をガシャンと開けて荷物を取りだす。昼メシを食いっぱぐれたままだが、このぶんだと次の休み時間までおあずけになりそうだ。

　無理な姿勢で寝ていたために凝《こ》り固まった首を、左右にボキ、バキ、と鳴らした拍子に、

(そういえばこの音、かれんは苦手なんだよな)

　そう思ったら、ようやくふっと苦笑《にがわら》いがもれた。僕がこんなふうに関節を鳴らすたびに、やー、その音怖いー、やめてーっ、と耳をふさいでいたかれん……。

　毎日一緒に暮らしていた頃よりも、こうして遠く離れてからのほうが、彼女のことを想う頻度《ひんど》は増えた気がする。増えただけじゃなく、ずいぶん濃くもなった。まるで、時間をかけてトロ火で煮《に》詰《つ》めたシロップみたいに――いや、甘いばかりではないからむしろエキスみたいに、と言うべきか。

　どっちにしろ、さすがにこれじゃちょっと重たすぎるよな、と思ってみる。いくら恋愛方面に鈍いかれんだって、付き合っている男からじつはここまで濃い想いを向けられてい

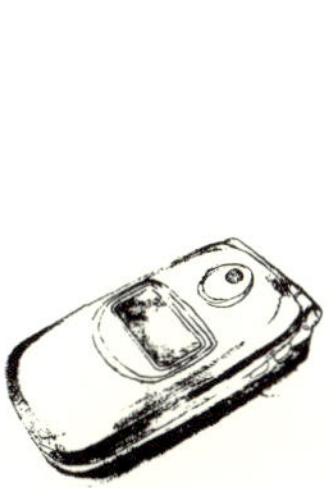

るなんてことを知ったら、嬉《うれ》しいのを通り越して困惑するんじゃないだろうか。もしかすると、自分の気持ちとの熱量の差を思って引いてしまうかもしれない。

けれど——。

止まらないのだ、どうしても。電車の中だろうと、ゼミの最中だろうと、ふと我に返ると、それまで頭の中がかれんのことでぱんぱんになっていた自分に気づく。一人で部屋にいる時なんかその最たるもので、テレビ番組をまるまる一本、ほとんど内容を把握《はあく》することなしにぼんやり見終わってしまうことくらいザラにある。

さっきみたいにベンチでうっかり寝込んでしまったのだって、部活の疲れが出たせいばかりじゃない。あの日のかれんとの電話以来なかなか寝付けない夜が続いているせいというのが大きくて、このままじゃいけないと何度も自分を戒《いまし》めはするものの、それくらいで悩むのをやめられるくらいならそもそも最初から悩んだりしない。

開け放った窓から、予鈴が聞こえてくる。

そばで着替えている小松がよけいな気を回すことのないように、僕は音のしない溜《た》め息《いき》を一つついて、ロッカーを静かに閉めた。

＊

一日一回のメールは、かれんと僕のどちらが先に送る場合もあるけれど、三日に一度の電話のほうは原則的にかれんからかかってくる。彼女の手が空《あ》く時間がいつだか、僕には見当もつかないからだ。

そのかわり、かれんからの電話でそのまま話した次の時は、かかってきた電話を一旦切って、僕からかけ直す。電話料金の負担がどちらかに偏《かたよ》ってしまわないようにするための工夫だった。

中沢氏からホームに電話があったあの翌日、かれんからのメールは、めずらしく午前中に早々と送られてきた。

かれんなりの僕への気《き》遣《づか》いに違いないのに、それを一瞬、もしかして後ろめたさの表れなんじゃないかと邪推《じゃすい》してしまいそうになった自分を、ああ嫌だな、と思った。

〈――人を好きになるって、もっと幸せな気持ちのするものだと思ってた〉

以前、僕にそう言ったのは星野りつ子だ。

あの時の星野の苦しさと今の僕のそれとはまた別のものなのだろうけれど、それでも、今なら彼女の言葉にもっと深く頷《うなず》ける。恋愛なんて、きれいごとばかりじゃない。相手を好きになればなるほど、嫉妬《しっと》も疑心暗鬼も、不安も焦《あせ》りも自己嫌悪も、全部がごうごうと渦《うず》を巻いてふだんの数倍にふくれあがる。へたをするとその渦に巻きこまれて、相手を好きだというシンプルな気持ちまで忘れそうになってしまう。

とにかく――かれんから届いたそのメールによると、中沢氏の電話の内容は確かに一応、

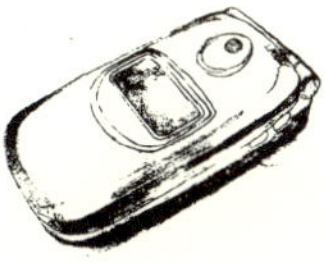

〈学校の用事〉には違いなかった。なんでも、やつが顧問を務めているＥＳＳの夏合宿を今年は房総方面で考えているそうで、要するに、

〈勝浦《かつうら》とか御宿《おんじゅく》、あるいは鴨川でもまったくかまわないんですが、どこかそのあたりの良さそうな民宿に、花村先生、お心当たりはないですかね〉

というような話だったらしい。

もちろん、たった三か月前から鴨川で暮らし始めたばかりのかれんに、そんな〈お心当たり〉なんかあるわけがない。それくらい中沢氏だって馬鹿じゃないんだから最初からわかっていたはずだし、そもそも本気で〈良さそうな民宿〉を探したいなら、役場の観光課にでも電話をしたほうがよっぽど正確な情報を得られるにきまっているのだ。

となると、やつの真意が別のところにあるのは、僕《ぼく》からすればもう火を見るより明らかだった。民宿がどうこうなんて話は、とっくに学校を辞めたかれんのところに電話をかけてくるための口実だったにきまっている。というか、そもそも中沢氏の頭の中では、発想の順番からして違うのかもしれない。〈夏合宿をたまたま房総でやることになったことを口実にかれんに電話をかけてきた〉のじゃなくて、〈かれんに電話をかける口実を作るために夏合宿を房総でやることにした〉という順番だったのかもしれない。それは大いにあり得る。

そんなことをぐるぐる考えながら二日間を過ごし（短いメールにはそんなことまで書け

なかった)、三日目のかれんからの連絡を夜までジリジリしながら待った僕には、ようやくかかってきた電話を一旦切ってかけ直してやる余裕すらなかった。

　そうして聞きただしてみれば、中沢氏は案《あん》の定《じょう》、かれんが勤める老人ホームでの仕事についても、様子うかがいを装ってあれこれ尋ねたらしかった。

『でも、ごく普通の世間話みたいなことしか訊《き》かれなかったわよ？』

と、電話の向こうのかれんはどこか気遣わしげに言った。

「へえ、そうなんだ」

　不機嫌に聞こえないようにしようと思うと、なんだか取って付けたみたいな返事になってしまった。

「で、合宿の話については、それだけだったわけ？」

『うん。私が、不案内ですみませんって言ったら、観光案内所とかで調べてみるから大丈夫だって』

　最初からそうしろってんだよ、とつぶやく。

『え、なあに？』

「何でもない」

『あとは、もしかすると来週末にでも、こっちのほうへ下見に来るかもしれないとはおっしゃってたけど』

「下見ィ⁉」

『だって、ふつう、するものじゃない？』

「いや、そうだろうけど……」

いやな予感がした。勝浦だか御宿だか知らないが、わざわざそこまで来るのなら絶対鴨川にも寄るだろう。いや、寄らないわけがない。なぜわかるかと言えば、僕だったら必ず寄るからだ。

「もしさ」と僕は言った。「もし中沢さんがそこへ訪ねてきたら、お前どうすんの？」

『そこって？　ホームのこと？』

「当たり前だっつの！」

ついに、大きめの声が出てしまった。あんな山奥の、一人暮らしの家にまで訪ねて来られてたまるかってんだ。

『んー……』

少し考えてから、かれんはちょっと遠慮がちに言った。

『もしもそういうことになったら、ふつうに下のラウンジとかでお会いすると思うけど。もちろん、そのとき私の手が空いていればだけどね』

「……そっか。ま、そりゃそうだよな」

訊く前から、そう答えるだろうな、とは思っていた。

かれんにしてみれば、わざわざ中沢氏を避ける理由なんてないのだ。かといって、〈俺のために会わないでくれ〉なんて頼むのもあんまりな話だし、僕自身、そんな情けないことを口に出すつもりはない。むろん、かれんが自発的に、〈ショーリが嫌がるから会わないでおこう〉と考えてくれるのなら大歓迎だけれど、そういうことは強制するものじゃないってことくらいは、さすがに僕だってわかっている。

『……ねえ』と、小さい声でかれんが言った。『こんなふうに言うとショーリは怒るかもしれないけど――お願いだから、気にしないでね。ほんとに、中沢さんとはそんなのじゃないんだから』

「べつに俺、何も言ってないだろ」

『言ってはいないけど……』

「けど、なに」

またちょっと口をつぐんだ後、

『だってほら。ショーリってば、けっこうヤキモチ焼き屋さんだから』

わざと冗談めかした口調でかれんが言う。

その、彼女にしてはけっこう大胆な、つまり少々無理をした感の否めないセリフに、僕はかえって苛立《いらだ》ってしまった。こういうことで彼女から気を回されるのは嫌だった。というか、気を回させてしまう自分がたまらなく嫌だったのだ。

遠く離れているこの現状が不安なのは、きっとかれんのほうも同じはずだ。本当だったら彼女を安心させてやることこそが僕の役割であるのに、その僕自身が自分の不安に振り回されて、彼女を縛《しば》るようなことを言ってばかりいるのは絶対良くないはずだ。

そうやって、「はずだ」の部分の理屈はよくよくわかっているくせに——結局いつも同じヘマをくり返してしまうあたり、我ながら救いようがないな、と思う。三日に一度の、せっかくかれんの声が聞ける貴重な時間を、こんなつまらない〈ヤキモチ〉で塗りつぶすなんて……。

でも、気分というのはそう簡単には切り替わるものじゃない。その日の残り、僕らの会話はあまり弾まなかった。

電話を切ったあと、しばらくしてメールを送ってみた。

〈Subj: さっきは、なんかゴメンな〉

かれんからの返事は、なかった。

＊

「ねえねえセンセー、どう思う?」

ラズベリーのタルトを頬張りながら、若菜ちゃんはぷんぷん怒っている。数学の問題は例によって解きかけでほったらかされたままだ。

「彼氏とおんなじガッコに行ってる友だちに聞いたらさー、あいつってば、なんか浮気してるっぽいんだよねー。ほかのクラスの調理実習の後とか、女子からもらったお菓子、ヘラヘラ喜んで食べてるって」

「……ふうん」

「あいつに確かめたら『べつに、くれるから食ってるだけじゃん』なんつって開き直るんだけどさ、でも、なんかいっつもおんなじ女子からもらってるみたいなんだよね」

「……へえ」

「でさ、自分はそんなことしてるくせに、あたしには色々ウザっこいこと言うんだよ？　こないだ外で待ち合わせた時だって、遅れてきたのは向こうのくせに、あたしがたまたまそこでばったり会ったおんなじ部の男子とふざけて話してるの見たら、急に不機嫌になっちゃってさ。『ただの友だちにしちゃ仲良すぎるんじゃないか』とか、『あっちがお前のこと意識してんのは見りゃわかる』とか、『だいたいお前は隙《すき》がありすぎるんだよ』とか、もう、なんての？　男の独占欲まる出しっての？　そんで、言い合ってるうちにとうとうキレちゃって、『あいつとはもう会うな』とか『二度と口きくな』とか『それが出来ないなら部活なんかやめちまえ』とか言いだしてさ。あったまきて、『あたしのこと信じてな

いの？』って訊いたら、口では一応、信じてるとは言うんだよね。なのに、『じゃあそんなに束縛《そくばく》しないでよ』って言ってやったら、むちゃくちゃ怒って返事しないで帰っちゃった」

「………」

「ねえ、そういうのって、男のセンセーから見たらどうなの？　付き合ってたら、そういうふうにヤキモチ焼いたりしてもしょうがないのかな。そうやって相手のこと束縛するのが当たり前なのかな。ねえってば、どう思う？」

「……最悪っしょ」

「え？」

「まわし蹴《げ》りでしょ、そういう奴《やつ》は」

「うそ、やっぱそう思う？」

「もう、脳天カカト落としっしょ」

地べたをなめるような自虐的《じぎやくてき》な気分で答えた僕にはおかまいなく、

「だよねー！」

若菜ちゃんはゲンコツを天井に突きあげて息巻いた。

「やっぱそうだよ！　悪いのは向こうだよ！　だいたい、なんで男って、彼女のこと自分のモノ扱いしなきゃいられないわけ？　ったく威張《いば》るんじゃないっての、ちょっとやそっとエッチしたくらいでさあ！」

ぶっと紅茶を噴《ふ》いてしまった僕を見て、若菜ちゃんが「あ」という顔をする。

「っと、ごめん。センセーこういうの苦手なんだっけ」

「苦手っていうか……」机にとんだしずくをティッシュで拭《ふ》きふき言った。「うん、まあちょっと苦手かもね」

「どして？　エッチな話とか、嫌い？」

「いや、男同士ならけっこうすることもあるよ。けど、若菜ちゃん女の子だしさ。もう少しこう、恥じらいみたいなもんを持っといたほうがいいんじゃないかなと思って。べつに男女で差別してるとかそういうのじゃないんだけど、なんとなくさ」

「なんとなく、男としてのガンボーみたいなもん？」

「う……うーん、そう言われちゃえばそうなのかもしれないけど。でも、若菜ちゃんだって、自分の彼氏がすごく男っぽく見えた時とか、女の自分にはないところを持ってたりするの見ると、素直に『あ、いいな』って思うことあるだろ？」

「……そりゃ、まあね」

「つまり、男の側から見る女の子ってのもそれと同じでさ。基本的に、自分にはないところに惹《ひ》かれるわけだよ。男女の間に差があるとは思わないけど、違いはあっていいんじゃないかなって思うわけ。まあ、あくまで俺の個人的意見だけど」

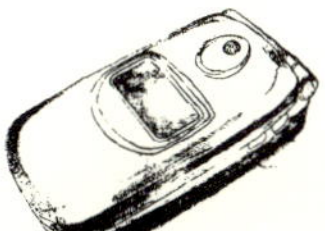

「ふーん」

まるで気のない返事に聞こえたのに、若菜ちゃんが後からこう付け加えたのにはびっくりした。

「……そういうのなら、なんかちょっとわかる気がする」

「それは何より」

と僕は言った。

「ねえねえ、それはそうとさ。センセーは彼女さんのこと、束縛しちゃいたくなったことないの？　ってか、今までにそういうことでケンカとかしたことないの？」

「――あるよ。何度か」

「うそっ」

若菜ちゃんの目つきが変わった。がらっと、というより、ぎらっと変わった。

「うわ、うわ、センセーもやっぱ男だったんだあ」

「どういう意味だそりゃ」

「やっぱりさ、エッチする前と後とじゃ、気持ちって変わった？　彼女さんのこと、前より束縛したくなったりした？」

「あのさ若菜ちゃん」僕はあきれて言った。「ついさっき、『なんかちょっとわかる気がする』って言ったの、あれ嘘《うそ》かよ」

「嘘じゃないけど、時と場合によるのっ」と若菜ちゃんは言った。「今はそんなこと言ってる場合じゃないのっ。ねえねえ、センセーはさ、初エッチの時からちゃんとうまくいった？」

「若菜ちゃん。それ、セクハラ」

「えー、そうかなあ？　なら、それは今度でいいや」

「今度って、」

「じゃあさじゃあさ、した後って、気持ち変わった？」

「ノーコメント」

「ええーっ？　もおぉ、ケチ！　あ、じゃあ、これだけは教えて。さっき言ったみたいなさ、束縛とかそういうことでケンカした時って、どうやって仲直りした？」

「だから、ノーコメント！　ほら、休憩《きゅうけい》終わりっ」

「いいじゃんいいじゃん、それくらい教えてよぉ。あたし、これでも今すっごく悩んでるんだよ？　あんまし悩んでると勉強に身が入らないよ？　成績下がったらセンセーのせいになっちゃうよ？　それでもいいの？　家庭教師クビになっちゃうかもよ？」

「あのな。脅迫《きょうはく》する気かよ」

「うん」

深々と溜め息がもれる。

わかった、わかりましたよ、と例によって両手をあげて降参すると、彼女はニマッと笑って言った。

「で？　どうやって仲直りした？」

観念して、僕は言った。

「謝りたおした」

「うっわ何それ。かっこわる～」

「しょうがないだろ。こっちが悪かったんだから」

ふうん、と若菜ちゃんが思案げに腕組みをする。

「けどさあセンセー。謝るのって、むずかしくない？　あたしなんてそういうの苦手だから、彼氏とケンカして後から自分のほうが悪かったかなって思った時でも、なんか意地張っちゃうよ？」

その気持ちは、僕にもよくわかる。これまでにだって何度も経験があるし、これからもたぶん繰り返し経験することだろう。

でも、いくら難しかろうと苦手だろうと、それでもなお相手との関係を続けていきたいと願うのなら、悪いと思ったことは、思った時点で謝るしかないのだ。相手に許してもらえるかどうかは別として。

「そうだよな」と、僕はしみじみ言った。「意地って、つい張っちゃうよな」

「……うん」

「もしかするとさ。きみの彼氏も今、そういう気持ちなのかもよ」

「……え」

「謝りたいのに、意地張って謝れずにいるだけ、とかさ」

「そ……そんなこと、あるわけないよ。どうせ今日とかだってまた、ほかの子からお菓子もらって鼻の下のばしてるにきまってるよ」

「そうかな。まあ、そのへんはどうかわからないけど、少なくとも彼のほうに若菜ちゃんへの気持ちが全然なかったとしたら、そんな、ほかの男子とちょっと話してたくらいでムキになって怒ったりしないんじゃないかとは思うけどな。あ、いや、だからってべつに彼のしたことがいいことだとは思わないし、肩持つつもりもないけどさ」

　ひそかな自戒をこめて、そう付け足す。

　若菜ちゃんはめずらしく黙ってうつむいている。

「――さ、人生相談終わり。ってか、休憩長すぎだろコラ」

　おでこを軽くこづいてわざと明るく言ってやると、

「えっへへー」

　いたずらっぽく首をすくめた若菜ちゃんはタルトの最後のひとかけをぽいと口に放りこみ、もぐもぐやりながら紅茶のカップ越しに僕を見て、ほんの一瞬、笑い泣きみたいな顔

をした。

5

かれんからのメールは毎日、律儀に届いていた。一日一枚、と約束した写真もだ。さきおとといのは、真っ青なツユクサの花に薄緑のバッタがとまっている写真。おとといは、ホームを訪れた家族が連れてきたというギョロ目のチワワの写真。

そして昨日、三時過ぎに届いたメールは、おやつの時間に出たばかりだという大きなスイカの写真だった。近所でスイカ農園をやっている人が、今年の初物だと言って持ってきてくれたのだそうだ。

かれんの撮る写真は花でも景色でもきっちり構図が考えられていて、それぞれがすでに「作品」になっていた。さすがは元美術教師というか、メモリにストックしたものを順にひらいていけばちょっとしたギャラリーみたいで、僕としてはちょっと気が引けてしまうくらいだった。僕が撮って送る写真ときたら、グラウンドの空にそびえる高跳び用のバーだとか、休み時間に芝生の上に脱ぎ捨てたボロいコンバースだとか、どうしてもうまく書けなくてくしゃくしゃに丸めたレポート用紙だとか、そんな味も素っ気もないものになってしまうことが多かったからだ。男の一人暮らし、潤《うるお》いのかけらもない生活だからしょうがない。

それでも、かれんはそういうのをけっこう喜んで、というか面白がってくれて、

〈美術の授業の頃から思ってたけど、ショーリの物を見る目って独特でいいと思う―〉

などと褒《ほ》めてくれる。お世辞《せじ》だとわかってはいても、かれんに褒めてもらえるのは単純に嬉《うれ》しかった。

手の中の携帯をまたひらいて、色鮮《いろあざ》やかなスイカの写真に見入る。スイカだけを撮るんじゃなく、まわりに置かれた食器の輝きや、テーブルクロスの柄《がら》など、バランスを計算して撮ってあるあたり、やっぱりかれんならではの一枚だと思う。

〈いつのまにかもうこんな季節だなんてね〉

そこに添えられた何の邪気《じゃき》もない文面を読み返してから、僕はパタリと携帯を閉じた。ラウンジの大窓から見あげる空には、まぎれもない夏雲が湧いている。

――いつのまにか、か……。

春先に離ればなれになって以来ずっと、慣れない仕事と日々の忙しさにひたすら追いまくられているかれんにとってみれば、毎日が過ぎていくのは本当にあっという間のことだったんだろう。僕だって、たとえば大学に通いだしてすぐの頃はそうだった。最初の夏の訪れがほんとうに早かったのを覚えている。

でも、それがわかっていながらも、かれんにとってのこの三か月と自分にとってのそれ

が実感としてどれだけ違うかをこうして突きつけられた僕は今、けっこうヘコんでいた。かれんのよこした文面が彼女にとってはまったく正直な感慨でしかないのがわかるだけになおさら、何というかこう、みぞおちにこたえる感じだった。

〈いつのまにか〉どころか僕なんて、少しでも時間に余裕ができるはずの夏休みを、まるで小学生みたいに指折り数えながら待っているのに。

〈もうこんな季節〉どころか僕なんて、部屋の壁に掛けてある月めくりカレンダーの進みのトロさに苛立《いらだ》つあまり、日めくりに替えたら少しはマシだろうかなんて一時は本気で掛け替えを考えたくらいだったのに。

――かれんは、そうではないのだ。

「うっそ〜っ。何それやっらし〜」

え、な、なにが?

驚いて目をあげると、叫んだのは星野りつ子だった。

昼休みの最初から向かいのソファで食後のコーヒーを飲んでいた彼女の横には、友だちの橋本清美《はしもときよみ》がいて、膝《ひざ》の上に何やら分厚いペーパーバックをひろげている。あいかわらずぽっちゃりめで、だぶっとしたジーンズ姿以外は見せたことのない橋本だが、以前と変わったこともないわけじゃない。知り合ってからしばらくは僕に敬語を使っていたものだけれど、今ではお互いすっかりタメロだ。

ラウンジを満たすざわめきの中、

「じゃあなに、夢の中に棒みたいなものが出てきたら、全部そういう意味になっちゃうってこと？」

さっきよりは少し声をひそめて訊《き》く星野に、

「べつに棒に限ったことじゃなくてね」橋本はコーヒーカップに手を伸ばしながら淡々と言った。「柱とか木とか塔とか、あと尖《とが》ってたり細長かったりするものは、基本的にはみんなアレの象徴なんだって。そんで逆に、くぼんでるものとか穴みたいなものとかは、」

「いい、いい、その先は言わなくていい！」慌《あわ》ててさえぎった星野が、ちらっと僕のほうを見る。「き、気にしないで和泉くん。こっちの話だから」

僕は苦笑混じりに言ってやった。

「いいよ、そっちこそ気にしなくて。俺それ知ってるし」

「えっうそ！　なんで？」

「去年、パンキョーの心理学でちょっとかじったもん。たしかユングとかフロイトとか、それ系のやつだろ？」

さっきから聞くつもりもないのに聞こえてきた二人の会話から察するに、橋本が持っているのはどうやら夢分析に関する本のようだ。学術的な専門書というより、もう少しくだけた夢の事典みたいなものらしい。

「へえ、よく知ってるじゃん和泉くん」

本から目をあげた橋本が言う。

「いや、知ってるってほどじゃないけど、けっこうインパクト強かったから覚えてただけ。だってさあ、電柱の夢とか、道に穴ぼこがあいてる夢見ただけで性的願望がどうのって言われても、そりゃちょっと極端じゃねえのって感じしない？」

「ああ、まあそれはね」と橋本も笑った。「でも、この本に載ってるのは心理学とか精神分析だけじゃなくて、占星術の要素も入った総合的な夢分析なの。だから棒と穴の話だけってわけじゃないよ」

私こういう感じのけっこう好きでよく読むんだ、と橋本は言った。

「ねえ、そういえば和泉くんはゆうべどんな夢見た？」

「忘れたよ、そんなの」

考えるのが面倒くさくてそう答えたのだが、

「じゃあ、ゆうべじゃなくてもいいから」新たな実験台をつかまえたと思ったらしく、橋本は興味津々《きょうみしんしん》で訊いてくる。「最近見た夢で、何か覚えてるのってないの？」

熱心さに気圧《けお》されたような形で、うーん、としばらく考えた。

「……ああ。そういえばゆうべ、なんか食ってる夢見たワ」

星野がぷっと吹きだした。「なんかって何？」

「いや、そこまでは覚えてないけど……なんかこう、こじゃれたレストランみたいなところでさ」

「それって単におなかがへってたってことじゃなくて？」

「あ、やっぱし？」

星野と僕がしゃべっている間に、橋本はぱらぱらと索引《さくいん》をめくって、そのページをひらいた。

「あったよ、ほら。『レストラン』」

うそ、と星野が覗《のぞ》きこむと、橋本が読みあげた。

「――『あまり良くない兆候《ちょうこう》です。レストランで食べている夢を見たら、恋愛面で何か問題が起こりそう。トラブルになる前に収拾すること』」

「なんだよそれ」僕は笑って言った。「何か問題がって、そんなこと漠然《ばくぜん》と言われたって困るっしょ。具体的に何が起こるかもわかんないのに、どうやってトラブルの前に収拾するんだよ。なあ？」

話を振ったのに、星野のやつはしらっとした顔で肩をすくめただけだ。その様子に、あ、やべ、と思った。星野相手に恋愛関係の話は鬼門《きもん》だった。

「ねえ、ちなみに食べてる時って和泉くん一人だった？」

と橋本が続ける。

「や、どうだろ。あんまりよく覚えてないな。なんで?」

「ううん。もし異性と二人きりで向かい合って食事する夢だったらね。その相手にそれだけ気を許してるってことで、それってまんま、セックスを暗示してるそうだから」

「ちょっ、清美!」

と横から袖《そで》をひっぱる星野は、僕と目が合った拍子にぱっと目をそらした。耳たぶがみるみる赤くなっていくのがわかる。

どうしたんだろう、いま橋本が言った程度の言葉で、かれんならともかく星野がうろたえるのはめずらしいな、と思ってから——ふと、その理由に思いあたってぎょっとなった。

夢や暗示、どころの騒ぎじゃない。僕と星野は、しょっちゅう一緒に食事をしているのだ。もう何度となく、二人きりで向かい合って。

「食事、だけ?」

という橋本の声にびくっとした。

「だ、だけって?」

「食事してた夢のほかに、なにか覚えてるのないの?」

——なんだ。そういう意味か。

「ええと……」

ちょい待ち、と言いつつ床に目を落として、記憶の底をまさぐる。このところ眠り自体

がけっこう浅いせいで、明け方見た夢はけっこう覚えていることが多いのだ。

「そうだな。おとといぐらいだったか、真っ白な洞窟《どうくつ》みたいなの夢見たけど」

「真っ白？」

「うん。まわりの白いのは全部、雪っていうか氷なわけ。なのに俺は薄着ですっげ寒くてさ」

「どうせそれも、」と星野がまだ微妙に目をそらしたまま言う。「単にお布団《ふとん》はいで寝てただけなんじゃないの？」

「あ、やっぱし？」

笑ってさっきと同じ言葉を返したところで、ページをくる橋本の手が止まった。

「……あら」

「え、なに」と星野。

「ここにね、『寒い、冷たい』って項があるんだけど――『いい兆候ではありません。寒さを感じる夢は、誰かがあなたを裏切ろうとしているということ。用心が必要です』だって。あとはええと、『雪』か『氷』だよね――。『自分の心に正直になりましょう。凍った雪は、あなたが心の底では恋人に疑いを抱いているというしるしです』」

胃の底が急に冷えて、一瞬の後にきゅっと固くなった。

「へーえ。そりゃ大変だ」

　あえて生返事を返しながら、

〈誰かがあなたを裏切ろうと――〉

　誰かって、誰がだよ。

〈心の底では恋人に疑いを――〉

　口の中だけで小さく舌打ちをする。

　裏切りなんて、あるわけがない。こっちだって、かれんのことを疑ってなんかいない。断じて疑ったりしていない。絶対に疑ってやしない。くり返しながら、脳裏《のうり》に浮かぶあの男の顔や声を追い払う。

〈自分の心に正直になりましょう〉

　くだらない、と思った。なんだっていうんだ。たかが夢占いの本じゃないか。

「どしたの？」と橋本が再び目をあげた。「……あ、もしかして和泉くん、思いあたることでもあるとか？」

「いや、べつに」

（べつにじゃねえだろ！）

　と自分にツッコミを入れたくなる。

　黙ってしまった僕のほうを、星野は見ようとしない。そのぶん、神経が全部こっちを向いているのがわかる。

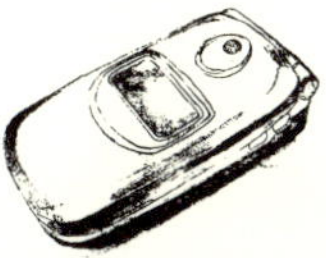

「なんかね。予知夢っていうんだって、こういうの」

橋本は、ようやくぱたんと本を閉じて言った。

「まあ、信じる信じないはともかくとして、けっこう面白いでしょ？　この本書いたのって欧米では有名な占星術師みたいでさ、すごくよく当たるっていうんでテレビ番組も持ってるし、王室とかセレブとかの星占いも頼まれてやったりするんだって。だとしたら和泉くんのも案外、ほんとに予知夢だったりしてねー」

もしそうなったら後で絶対教えてよねー、と、からかうように僕を覗きこんでくる橋本に、

「ったく勘弁《かんべん》してよ」と笑いを繕《つくろ》った。「だいたいなんでそう、どれもこれも俺にとって都合の悪いことばっかなんだよ」

もしかして今の全部、橋本の創作っていうか捏造《ねつぞう》なんじゃねえの。

冗談に紛《まぎ》らせて、そう返すのが精一杯だった。

*

鳴りだした目覚まし時計を手さぐりで止め、まとわりつく眠気をむりやり振りきってベッドから体をひきはがす。洗面所の蛇口をひねり、冷たい水の下に頭をつきだして、寝癖《ねぐせ》直しをかねて脳みそを覚醒《かくせい》させる。

ゆうべの残りものを適当にアレンジして朝飯をかっこみ、シャツをはおり、ジーンズに足をつっこみ、バインダーとテキストを詰《つ》めたかばんをひっつかんで、部屋のドアに鍵《かぎ》を掛ける。午前練のある日はグラウンドへ直行。晴れていれば汗と砂ぼこりにまみれ、雨ならばひたすら筋トレに明け暮れる。

練習のあとは部室脇《わき》のシャワーでざっと汗を流し、その時々の成りゆきで適当な友だちと連れだって、学食かあるいは近所の安い店で昼飯を食う。午後の講義では教室の後ろのほうで睡眠時間を補い、ゼミだけはさぼるわけにいかないからちゃんと出る。

週に二回は例の家庭教師のバイトに行き、それ以外の平日や土日に臨時のバイトを入れる。交通量調査とか倉庫整理とかそういう、単発あるいは短期のやつだ。

部活が午前にあるか午後にあるかで全体の順番は多少変わるけれど、一日の内容そのものはさほど変わらない。大学とバイト先と、その途中に寄る『風見《かざみ》鶏《どり》』、ほかに行くところといったら、たまに友人たちに誘われて出る飲み会か、買い物のために立ち寄るスーパーぐらい……。

そんな単調な日々をくり返して、僕は――〈いつのまにか〉ではなく、やっとのことで、七月を迎えた。

毎日のストイックなことといったら、まるで山ごもりした仙人《せんにん》みたいだった。あんまり疲れすぎているせいで、時には体の一部が自分の意に反して妙に元気になってしまうこと

もあったが、たいていの場合はちゃんとかまってやる気にもなれなかった。理由は同じく、疲れすぎているせいだった。

思えばもうずいぶん長いこと、かれんにキスしていない。

キスどころか、あのきゃしゃな体をそっと抱きしめることも、そばに寄って甘い匂《にお》いをかぐことも、耳もとでじかに声を聞くこともしていない。

そのかわり、というかその反動でというか——夢だったら何度も見た。わざわざ分析なんかしてもらわなくとも、どう考えたって他の意味なんかありえないだろうというくらい、あからさまな夢。とても人には聞かせられない類《たぐい》の夢ばかりだ。

あのときの橋本の話によれば、なんでも、〈見た夢を覚えていない〉とか〈夢自体をほとんど見ない〉という人間は、女よりも男のほうに多いらしい。そう言われれば僕だって、いくら眠りが浅い時でも見た夢を全部覚えているというわけにはいかないけれど……それでも、かれんの夢だけは、見れば絶対忘れなかった。何しろ彼女の出てくる夢は、ほとんどの場合あざやかな色つきで、時にはこの腕に抱きしめた体の温かさや手触りや重さまでがはっきりと感じられるほどだったからだ。

ショーリ、と甘いアルトが呼ぶ。電話の向こうにしか聞くことができないはずの彼女の声が、耳もとに吐息《といき》のかかるほど近くで、優しく僕の名前をくり返す。僕は手を伸ばし、彼女を抱き寄せる。髪の流れをかきわけて指をさし入れ、小さな頭を支えるようにして唇を重ねる。

熱くて柔らかな、濡《ぬ》れた感触。おずおずと僕に応《こた》える彼女の、少し乱れた息づかい。

夢じゃない。

今度こそ、絶対に夢じゃない。

ここまでリアルな夢があってたまるものか。

そう思って歓喜にうち震《ふる》えた瞬間、けたたましいベルによって眠りの淵《ふち》から引きずり出されると――そのたびに僕は、もう長年の付き合いになる律儀な目覚まし時計を思いっきりひっつかんで壁に投げつけたい衝動に駆られた。自分でも戸惑《とまど》うほど荒々しいその衝動を、枕に強く顔を押しつけることでどうにかやり過ごしながら、

（頼む、誰か教えてくれ）

と本気で祈った。今の今まで見ていたあの温かな夢の中にもう一度戻れる方法があるのなら、頼む、誰か……と。

会いたかった。

かれんに会いに行きたかった。

一日やそこら、授業や部活をサボったっていいじゃないか。いくら彼女の休みやシフトが不定期だからといって、二日続けて自宅に帰れないなんてことはないはずだ。一晩あの家に泊めてもらうつもりで会いに行けば、どんなに短くたって数時間ぐらいは一緒にいら

れるだろう。

会いたい。

今すぐ会いたい。

体の底から突きあげるようにそう思った。そんなふうに思う僕が、たぶんいちばん正直な「素」の僕なのだということも自分でわかっていた。

でも——。

だからこそ、引きずられるわけにはいかなかった。いくらかれんが「ほんとのショーリも見せてほしい」と言ってくれたからといって、何から何までその言葉に甘えて寄りかかることはできない。今ここで本能のおもむくままに突っ走って、せっかく新しい仕事に打ちこんでいるかれんに会いに行ってしまったら、あれほど悩み抜いて彼女を送りだした決意そのものが無駄になってしまう。クリスマス・イヴの夜、本当なら自分の中だけにしまっておきたかった感情をそのままぶつけて、かれんを泣くほど傷つけて、そうまでしてようやく自分と折り合いをつけたはずだったのに、そのすべてが無に帰《き》してしまう。

あの夜、巨大なツリーの下で僕は、会いたくなったら我慢なんてせずに呼んでくれと彼女に言った。呼ばれたら、できるだけ早く時間を作って会いに行くから、と。かれんのためと言うより、僕自身がそうしたいからだ、と。

でも、かれんからのお呼びは、いまだに一度もかからない。ということはつまり、今の彼女はとりあえず僕を必要としていないということなんだろう。べつにひがんでいるわけじゃなくて、単なる事実として。

実際、僕の顔を見たからといって、日々の仕事の忙しさが緩和《かんわ》されるわけでもなければ、一日が二十五時間になるわけでもないのだ。かえって、僕と会うために割く時間があるなら、一時間でも早く家に帰ってゆっくり寝たいと思っているかもしれない。本当に忙しいときというのは、たぶんそういうものだ。

かれん自身も、今が自分の正念場だということはわかっているのだろう。信じられないことだが、毎朝きちんと自分で起きて、できるだけ自炊もしているらしい。最初のうちこそは僕がかけてやるモーニングコールに頼っていたが、半月ほどたつうちには、もう大丈夫だからと向こうから断ってきた。

〈このごろはね、一つめの目覚まし時計で起きられるようになったのよ。二つめが鳴り出す前にばっちり目がさめちゃうんだから〉

えらい？　ねえ、えらい？　と、電話口で嬉しそうに威張《いば》ってみせるかれんの声を聞いたら、それでもいいから俺に電話をかけさせろとは言えなくなってしまった。こっちが甘やかしたいばっかりに、せっかく独《ひと》り立《だ》ちしようとしている彼女の努力を邪魔してどうしようっていうんだ。

ちゃんと約束は守ってくれているじゃないか、と自分に言い聞かせる。

忙しいのに毎日メールも写真も送ってくれてるし、三日に一度は電話もしてくれる。あいつは最低でそれで何が不服なんだ。だいたい、今からお前が音《ね》を上げていてどうする。最低でも三年間は向こうに行ったままなんだぞ。

けれど、そう言い聞かせるそばから、例の「素」の僕が頭をもたげてくるのだ。

メールなんかじゃ足りない。電話の声じゃ遠すぎる。かれんの顔が見たい。そばへ行って、目を見て、声を聞いて話したい。あの柔らかな体をきつく抱きしめて、息も継げないくらい深いキスをして、そして何より、いいかげんにそれ以上のことがしたい。

——いっそ、かれんの気持ちを置き去りにしてでも。

たぶん、自分で思う以上にフラストレーションが溜《た》まっていたんだろうと思う。でなければ、今日みたいなことは起こらなかったはずだ。

グラスに手を伸ばし、あまり飲みつけない焼酎《しょうちゅう》をあおろうとすると、

「おい」

たしなめる声がして、いつのまにか隣に戻ってきていた原田先輩からグラスを奪《うば》われてしまった。

「もうそのへんにしとけ。らしくねえぞ」

そうだ。こんなのは全然、らしくない。今日だって、ちょっとばかりどうかしていただけだ。いつもの自分ではなかったのだ。

先輩の野太い声がカウンターの奥へ、すいませーん、ウーロン茶をジョッキで、と言うのがぼんやり聞こえる。

でも……あるいは、らしくないなんて思うことそのものが自分を過信している証拠なんだろうか。いろいろ溜まり過ぎていたからあんなことになったわけじゃなく、もともとがこの程度の、もろくて情けない男だったというだけの話なんだろうか……。

もう何度も考えたことを、またしてもぐるぐる考える。同じところを堂々めぐりするだけならまだしも、螺旋階段《らせんかいだん》をひたすら下っていくみたいに深いところまで気分がめりこんでしまって、僕はともすればつっぷしてしまいそうになる体を支えるために、カウンターに両肘《りょうひじ》をつき、額《ひたい》に手をあてた。

駅前にある大衆居酒屋だった。僕のアパートまで、歩いて十分程度。先輩が大学近くの店で飲むことを選ばず、あえてここまで一緒に付き合ってくれたのは、今夜の僕がこうなることを見越していたからなのかもしれない。

自分で自分の息が酒臭《さけくさ》くて、それがまた苛立たしい。アルコールにはそう弱くもないつもりだが、こんなばかな飲み方をしたのは初めてだった。ばかだとわかっていてもやめられない、となると、いよいよ本物のばかだな、と思えて笑えてくる。

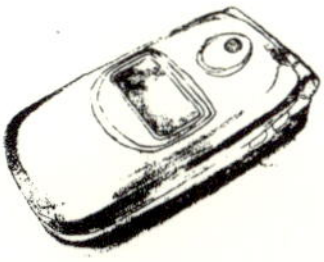

「なあおい、和泉」

　届けられた冷たいウーロン茶のジョッキを僕の前にゴトリと置いて、原田先輩は深い溜め息をついた。

「お前……やっぱ、なんかあったべ」

「べつに何もないっすよ」

「けどよ、」

「っていうか、ここんとこの俺の不調ぶりは、先輩のほうがよく見て知ってるじゃないですか」

「いや、そういうことじゃなくてさ」言いかけて、先輩は口ごもった。「っつったってまあ、不調もこれだけ続きゃぁいいかげんしんどいってのもわかるけど……」

　わかるなら、ほっといてくれ、と思ってしまった。いま部の中で、僕の状態を一番親身になって心配してくれているのはおそらくこの原田先輩だ。わかっているのに、それでもそう思ってしまった。

「けど、なんつうか、やっぱお前らしくないっつうか……。岸本や安西からもあらかたの事情は聞いたから、お前が太田《おおた》に腹立てたのもわかりはするけどよ。そんでも、不調だのどうだのってだけで、お前ともあろうもんがあんなふうなキレ方するはずはねえだろう」

　そんなのは買いかぶりだ。ふだんはただ外面《そとづら》を取り繕っているだけで、素の俺はもともととこの程度のものなんだ。

「なあ、いったい何をそう煮詰《につ》まってんだよ。いいから、話してみろさ、うん？」

ひどく優しい声で、原田先輩は言った。

「ひょっとして、その……あれか？　いわゆるレンアイ関係のもつれってやつか？」

「……」

「太田じゃねえけど、もしかしてまた星野がらみとかよ。……じゃなきゃ、かれんさんとうまくいってねえとか、」

「だから、何もないって言ってるじゃないスか！」

怒鳴ってしまってから、はっとなった。

反対隣に座っていたサラリーマンたちが話をやめ、迷惑そうにこっちを見ている。

そんな大声を出すつもりじゃなかった。これでもたたき上げの体育会だ、どんなに親しかろうが先輩に向かってこんなふうな口のきき方をしていいわけがないってことくらい、いくら酔《よ》っぱらったって忘れるはずはないのに。

「……すいませんでした」

僕が頭をさげると、

「――や、いいけどよ」

苦笑混じりに言って、原田先輩はビールに口をつけた。

「ああ、そういや、今さっき携帯にかかってきたやつな。あれ、太田でさ」

「え。なんで先輩に?」

「俺がお前と一緒に帰ったのを知ってるからだろ」

「……何か、言ってましたか」

「うん? ああ。俺の口からも、もっぺんお前に謝っといてくれってよ。それと、指のほうは全然どうってことねえから気にしねえでくれって」

「……」

「ま、そのへんはお互い様ってことでさ。あとはこう、すっきり水に流せよ。な」

僕が黙ってうつむいていると、先輩のごつい手がのびてきて、僕の頭の後ろをぽん、とはたいた。


それは、今日の午後の部活でのことだった。

僕と安西と岸本、それに太田は、ストレッチとウォーミングアップを終えてハードル走へと移ったところだった。八月の大会で四百メートルハードルにエントリーしているのは太田と岸本だけだが、走り幅跳びにしろ走り高跳びにしろ、ハードルを跳ぶ練習はいいトレーニングになる。自分の歩幅の感覚を体にたたき込むことができるし、全身のバネの強化にもなるからだ。

今思うと、いったいどこからそんな話になったのだったか……。たしか、僕のフォームをチェックしてくれていた岸本から、腰のねばりがどうとかいう指摘が出て、そのへんから安西が話をシモネタへと振ったのがきっかけだった気がする。〈和泉お前、べつのことに腰使い過ぎなんじゃねえの?〉とか何とか。そこに、太田が食いついたのだ。

　去年のイヴの夜に僕が「年上のすっげえ美人」を連れてきていたのは、あのとき目撃した岸本と安西（おもに安西）によって、年明けにはもう陸上部じゅうが知ることとなっていたのだけれど――頑固にノーコメントを貫《つらぬ》く僕の態度に、ほとんどの部員が詳しく聞くのをあきらめた中で、一人だけいつまでもしつこくからんでくるのが太田だった。

　根は悪いやつではないのだが、ちょくちょく考えなしに無神経な物言いをするのと、何かと人をやっかみがちなところがあって、本音を言うと僕は少々苦手だった。誘われればメシも食うし、たまには飲みにも行くし、一年からの同期だからと普通にうまくやっているつもりでも、もしかすると太田には、僕がどこかでやつを敬遠していることが伝わっていたのかもしれない。ほかの連中にからむよりも僕にからむ回数のほうが多いような気は、前からしていた。

　とにかく――

〈あーくそ、和泉の女ってマジでそんな美人なのかよ〉と太田は言った。〈ちきしょう、一人だけいい思いしてやがって。オレにも一発やらせろー〉

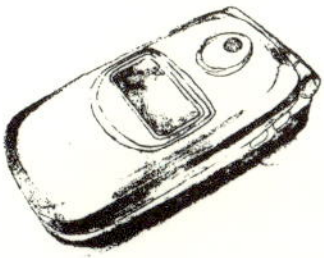

それだけだったら、まだ何とか聞き流せた。くだらないことを言うとは思ったが、安西も岸本も、バカお前、顔と相談しろ、などと言って笑っていたし、いちいち取り合うのもばかばかしかったからだ。

けれど僕が黙っていると、調子に乗った太田はへらへらしながらおもからんできた。〈あっ和泉てめえ、余裕ぶっこいてやがんな、この野郎。だいたいなあ、いくら見せびらかしたいからってわざわざガッコまで連れてきやがって、それじゃあずっとお前ひとすじだった星野ちゃんの立場はどうなるんだよ、ええ？　っつか、この際どっちか一人くらいオレにも回せぇ〉

そして、わざわざ僕に抱きついて妙な腰つきまでしてみせた。

〈お願い、和泉の彼女さーん。でなきゃ星野ちゃーん。どっちでもいいから、オレにも一発やらしてぇ〜〉

気がついた時にはすでに、やつの胸ぐらをつかんだ後だった。どん、と胸を押された太田は、かたわらにあったハードル共々ひっくりかえってメガネを飛ばし、後ろへ手をついた拍子に右手の親指を突き指した。

――それだけのこと……といえば、それだけのことだ。

岸本たちがすぐに〈まあまあ〉と間に入ってくれて、太田もあとから〈調子こいて悪かった〉と謝ってきたし、僕のほうだってもちろん手を出したことを謝りはしたけれど、何となく気まずい感じは残ってしまった。

突き指だけだったから、まだよかったのだ。あれがもっと大きな怪我《けが》につながっていたらと思うと、考えるだけで身がすくむ。ほんの少しの故障でも馬鹿にはできないってことは、誰よりも僕自身がいちばん身にしみているはずなのに。

ちなみに、太田の指にとりあえず湿布を貼《は》ってテーピングしてやったのは、マネージャーである星野りつ子だった。このちょっとしたケンカ騒動がどういう事情で起きたのか、星野が知っていたかどうかはわからない。その時点で知らなくても、もしかして後から誰かに聞かされたかもしれない。そう思うと、どこへ向ければいいかわからないようないたたまれなさに体じゅうの血がざわざわして、いつまでもおさまらなかった。

「なんつうかよ。不器用なんだよ、お前は」

ふいに横から言われて、びっくりした。

「……え?」

「ぶきっちょだって言ったんだよ」

原田先輩が仏頂面《ぶっちょうづら》でくり返す。

「そう……スかね、俺」

そんなことを言われたのは初めてだった。料理をはじめとして家事なら何でもこなせるし、そこそこのコーヒーもいれられる。日曜大工から、電気機器の配線やちょっとした修

繕に至るまで、日常生活で困ることはあまりない。だからこれまで、人から「器用だね」と言われたことはあっても、その逆はなかったのだ。

そう言ってみると、先輩はすっかり冷めたつまみの唐揚げを固そうに噛《か》みながら、首を横にふった。

「いや。基本的にはぶきっちょだよ、お前は。ただそれを、何かを出来ねえことの言《い》い訳《わけ》にしないだけだ」

僕は黙っていた。

「家のことだけじゃない、それこそ幅跳びだろうと何だろうと……たぶんお前自身でも無意識のうちに努力するから、結果として早い時点でクリアできちまう。そのせいで、ハタから見ると何でもさっさとやれるように見えるってだけでよ。最初から器用なわけじゃねえんだよ、俺から言わせるとな」

「……………」

「人付き合いでも同じこったろ。お前がぶきっちょなのはべつに、今に始まったことじゃない。だからまあ、そう落ちこむな」

「……………」

目の奥のほうが、なぜだか熱かった。視神経の芯《しん》みたいなところがじわりと潤みそうになるのに慌てた。きっと飲み過ぎたせいだろう。そうにきまっている。

「……先輩」

「んあ？」

「なんで先輩みたいないい男が、全然モテないんスかね」

先輩のごつくて四角い顔がゆっくりとこっちを向く。

「……お前、俺にけんか売ってんのか」

「いえ、そうじゃなくて、マジで」

マジならもっと悪いはずだが、そこまでは気が回らなかった。

「きっと、女どもに見る目がないんスよ」

僕がそう言うと、先輩は、けへッ、と変な声で笑って、乱暴にビールを飲みほした。

「じつは俺もそう思ってんだけどな。それは今んとこちょっと脇へ置いといて……。それを言うなら和泉、お前だって充分いい男だよ。妙なとこで女にモテるのだけはしゃくにさわるけど——それもまあ、わからねえじゃねえしな」

「そんな、俺なんかダメダメですって」

「何言ってやがる、この贅沢者《ぜいたくもの》が。お前に足りないのはなあ、自信だぞ自信。幅跳びだろうが高跳びだろうが、女関係だろうが他の何だろうが、とにかくもっとばーんと胸張って自信持ってやれっつの。俺は、お世辞だけは言わねえ。お前は充分よくやってるって。それこそ、俺が女だったら嫁にいきてえくれぇだぜ」

あまりにも気の抜けるセリフに、思わず、ふ、と笑ってしまった。

「……先輩がよくたって、俺のほうがヤですよ、こんなゴツい嫁」

ぬるんだビール瓶《びん》を取って酌《しゃく》をしながら言い返すと、その分厚い手がまた伸びてきて、さっきより少し強く、僕の頭をはたいた。


居酒屋を出て先輩と別れた頃には、夜空に大きな月が出ていた。満月にはまだ間があるけれど、見事なまでに明るい月だった。

ふと思い立ち、僕は携帯を取り出して月を撮った。ズームにするとそれでなくとも手ブレしがちだし、暗いし、そのうえ酔っぱらっているしでなかなか思うようにいかなかったが、そばの電柱に手首を固定して撮ると何とかうまく撮れた。

こんなふうに、何かきれいなものを見つけた時や、嬉しいことがあった時、映画や本に感動したり、誰かのひとことに心動かされた時——今のこの思いを伝えたい、分け合いたい、と願う気持ちの強さはそのまま、そのひとに注ぐ想いの強さなんだろう。

かれんも今ごろ、家の縁側からこの月を見あげているんだろうか。それとも彼女がまだホームで仕事中なのだとすれば、見ているのは海の上に浮かぶ月だろうか。

いつかの夏の夜、波間にのびた光の道を眺《なが》めて、月まで歩いていけそうだと言ったかれんの横顔を思いだす。

そのとたん、どうしても彼女の声が聞きたくなった。

なおも少し迷ったけれど、やっぱり我慢できなくて、僕はメールの文章を打ち始めた。右手の親指を素早く動かしながらふと、あらためて、この指を怪我した太田に悪いことをしたな、と思う。しばらくはずいぶん不便なことだろう。

書きあげたメールを、あとはもう何も考えまいと、月の写真と一緒に送った。

〈subj; あとで電話くれる? ——何時でもいい。待ってる〉

三日に一度と決めた電話の日は、ほんとうは明日だ。でも、今夜だけはかれんの声を聞いてから眠りたかった。会うのは無理でも、文字と写真だけのメールに比べればずっとましだ。べつに泣きごとを言いたいわけではなくて、ただ、彼女の持つあの穏《おだ》やかな気配に癒《いや》されて眠りにつきたい。そうでないと、いいかげん神経のどこかが焼き切れてしまいそうな気がする。

けれど——。

その夜、かれんからの電話はなかった。

朝まで切れぎれに眠って、目をこすりながら授業に出ると、午後も遅くなってから短いメールが届いた。

〈subj; ごめんなさい。　——ちょっとばたばたしてて。落ち着いたらまた連絡します〉

写真も何も添えられていない素っ気ない文章にひどく胸は騒いだが、そんなにも忙しいときに仕事の邪魔をしてはいけないと思って、ただ待っていることにした。ゆうべはともかく、今日こそは本来電話がかかってくる日なのだからと思って、夜まで待った。

そのまま朝まで待っていた。

携帯は、一度も鳴らなかった。

MORE THAN WORDS

1

遠く離れた相手と連絡をとる手段なら、いくらでもある。その昔、飛脚《ひきゃく》や早馬ぐらいしかなかった頃ならいざ知らず、今や砂漠のド真ん中にいても携帯電話やネットが通じる時代だ。

でも、どれほど便利なツールが増えたところで、そこに肝腎《かんじん》なものが欠けていることに変わりはない。

想う相手の体温。

互いの間の空気をふるわせて耳に直接届く声。

そして何より、生身の肉体そのもの。

たとえばこのさきSF並みに通信技術が進歩して、テレビ電話どころか立体映像《ホログラム》のやり取りまでが当たり前になる時代がやってきたとしても、〈実体の不在〉という根本的な問題だけは解決されることはないだろう。そう、いつの日か、生きた人間の瞬間移動《テレポート》が現実にでもならない限りは。

想う相手と離れて暮らすのは、つらい。とてもシンプルに、つらいことだ。僕は、かれんと離れて、初めてそれを思い知った。

遠距離恋愛をしている恋人たちの多くが長続きせずに別れてしまうのは、会えない苦しさが、会える嬉《うれ》しさを上回ってしまうからなんだろうか。好きで、好きで、誰よりも好きな人のそばにいられない——その寂《さび》しさに一人で耐えるにはもう、相手への想いをそっと薄めていく以外になくなってしまうからなんだろうか。

まるで、極上だけれど苦いエスプレッソにお湯を注いで、どこにでもある薄味のアメリカンにしてしまうみたいに。

*

〈あとで電話くれる？　何時でもいい。待ってる〉

精神的にかなり参っていた僕が、満月の写真を添えたメールをかれんに送った、あれが木曜日の夜。でも一晩待ってもとうとう電話はなくて、ようやくかれんから写真なしの素っ気ない返事が届いたのが、金曜日の午後だった。

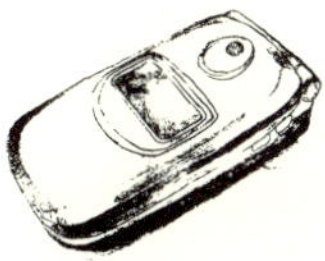

〈ごめんなさい。ちょっとばたばたしてて。落ち着いたらまた連絡します〉

すでにこの時点でほぼ十八時間にわたって電話を待ち続けていた僕は、その週末から次の週にかけてを、いっこうに来ない〈連絡〉ばかり気にして疲れ果て、火曜日の家庭教師のバイト中もついぼんやりしてしまっては、若菜《わかな》ちゃんからさんざんツッコミを入れられる始末だった。

僕の様子がおかしいのを〈絶対、遠恋中の彼女さんのせいだね〉と決めつけて譲《ゆず》らない若菜ちゃんは、いつものようにケーキを頬張《ほおば》りながら、

「やっぱ、そばにいないとダメになっちゃう確率高いよねぇ」

縁起でもないことをサックリと言ってくれた。

「離れててもお互いの気持ちさえ確かなら大丈夫なんて、みんな無責任に言うけどさ。その、『お互いの気持ちが確かかどうか』を確かめ合う方法がわかんなくなっちゃうんだよ、ちゃんと手を伸ばせば届くところにいてくんないとさ。どうしたって、言葉だけじゃ伝わらないことってあるじゃん」

妙に実感がこもっていたのは、そう言う若菜ちゃん自身、彼氏とは別の高校に通っているせいなんだろう。

帰り道、僕は我慢しきれずに、電車の中でかれんにメールを書いた。あえて写真を添えないことにしたのは、彼女のプレッシャーになってはいけないと思ったからだ。

タイトルのところに〈久しぶり〉と打ちこみかけて、これでは皮肉に受け取られるかもしれないと思い、慌《あわ》てて打ち直す。

〈subj; 元気？　――相変わらず蒸し暑いね。俺のほうは元気でやってる。そっちが忙しいのはよくわかってるし、連絡できなくても全然気にしなくていいよ。とにかくちゃんと食べて、ちゃんと寝て、仕事頑張れ。これの返事もいいから。じゃあ、また〉

送信ボタンを押し、封筒に羽が生えて飛んでいくアニメーションを見守りながら僕は、この時ばかりは目の前に生身のかれんがいないことをありがたいと思った。きっと今の自分は、捨てられた犬みたいな顔をしているに違いない。こんな情けないところ、何があってもかれんにだけは絶対見られたくなかった。

返事はいい、と書いたのはこっちなんだから自業自得なのだけれど、結局、かれんからの連絡はこの夜も、そして次の日もないままだった。腹がたつのは、何も言ってこないかれんに対してというより、本音とタテマエの間で勝手に苛立《いらだ》っている自分のちっぽけさにだった。

でも、この期《ご》に及んでなお、僕は自分からかれんに電話をかけたくなかった。ものすごくかけたいけど、かけたくなかった。

かれんのことだから、僕に連絡できずにいるのを、今ごろひどく気に病《や》んでいるにきまっている。そんな彼女にこっちから電話をかけたりすればますます気にさせてしまうだけだろうし、一方で、これだけ待っても連絡がないってこと自体、彼女のまわりが今よっぽど〈ばたばたして〉いる証拠なんだろう。そういう忙しい時に、はなから邪魔《じゃま》になることがわかりきっていて電話するような無神経なまねはしたくない。そう思った。

だいたい、ちょっと異常だろお前、と自分に言い聞かせる。

かれんから電話がないったって、あの満月の晩を入れてもまだほんの一週間じゃないか。たまたま自分の精神状態がドツボだからって、これくらいのことでキレそうになっててどうすんだ。彼女には彼女の生活があって、しかもお前と違って責任ある仕事を任されて頑張ってるところだってのに、お気楽な学生の分際で自分の都合ばかり押しつけようだなんてあんまりワガママ過ぎるだろう。

——誓って言うけれど、そんなふうに思ってること自体は本心なのだ。ほんとうに、掛け値なしの。

でも、「理性」と「感情」ってやつはどうしても別物で……。

机の下でまたしても携帯を開き、やっぱり届いていないメールの代わりに、おとといの火曜の晩に自分がかれんに送ったメールを読み返しながら、

(なんなんだよ、この痩《や》せ我慢の見本みたいな文面はよ)

胸のうちで毒づく。

ったく、ご隠居《いんきょ》の夕涼みじゃあるまいし、〈相変わらず蒸し暑いね〉じゃねえだろう。〈俺のほうはもちろん元気〉って、この状態のいったいどこが元気だっていうんだ。〈連絡できなくても全然気にしなくていい〉だ？　嘘《うそ》をつけ、嘘を。内心じゃ、めちゃくちゃ苛々してるくせに。自分にばかりこんな思いを味わわせる彼女のことを、恨めしくさえ思ってるくせに。どんなに忙しかろうが、たった三分電話する時間さえひねり出せないなんてことは有りえないんじゃないのかって、ほんとはそう言ってあいつを詰《なじ》ってやりたくてたまらないくせに。

手に貼《は》りついたようになっている携帯をたたみ、僕は無理やりそれをかばんの奥に押しこんだ。そうしてその日の午後は、糸のように細く引きのばされた忍耐と神経をなだめすかして、とりあえず部活に出た。

どう頑張っても積極的に跳ぶ気が起こらなかったので、いつも以上にストレッチにじっくり時間をかけ、ウォーミングアップを兼ねたランニング、それにスタートダッシュの練習などに終始する。絶不調のトンネルに深々と潜りこんでからほぼ三か月たつが、部活に出ながらまったく跳ばなかったのはこの日が初めてだった。

ただ黙々とグラウンドを周回し続ける僕を見てもコーチや原田《はらだ》先輩たちが何も言おうとしないのは、そろそろ見放しかけているからなのか、それとも信じて任せようと考えてく

れているからなのか……いったいどっちなんだろう。ちらりとそう思いはしたけれど、答えがどっちだろうが、何だかもう、どうでもいいような気がした。

　後半は、後輩たちに頼まれてフォームを中心に見てやった。自分が不調の時にエラそうなことは言えないという遠慮というかワダカマリみたいなものは変わらずに僕の中にあったものの、それでもふと気づけば、故障をかかえる前には見過ごしていただろう部分に目がいくようになっていたり、自分の失敗を踏まえたアドバイスができるようになっていたりもして、なるほど、人生の回り道に無駄はないってのは本当かもな、とちょっとだけ思った。

　締めの円陣を解散した後まで残った小松《こまつ》と、もう一人の二年生を、安西《あんざい》や岸本《きしもと》と一緒にじっくり見てやるうちに、あたりはだんだんとオレンジ色に暮れていった。蒸し暑さはそのままだけれど、少し風が吹きはじめたせいで気持ちのいい夕方だった。

　やがてあたりが紫がかった薄闇《うすやみ》に変わり、ハイジャンのバーがよく見えなくなってきたところで、僕らは練習を切りあげた。

　道具の片づけは責任持ってやっておくという小松たちに後を任せ、シャワーで汗と埃《ほこり》を洗い流す。出てくると、部活の前より、ほんの少しだけだが気分が軽くなっていた。

　そういえば光《ひかり》が丘西《おかにし》高時代、あの頭の固い教頭が、エロ雑誌や何かを隠《かく》し持っていた生徒をつかまえては「性的欲求はスポーツで昇華しなさい」なんて尤《もっと》もらしく説教していたっけ。そういうのを聞くたびに、ソレとコレとは全然別だろうと鼻で笑っていたものだけれど――たとえばもし、誰かを恋する気持ちもまた広い意味では性的欲求の一部に含まれるのだと考えるなら、確かに、こうして体を酷使《こくし》することにはそれなりの効果があるのかもしれない……と今になって思う。人間、汗にしろ涙にしろ、体から何かを出すことが快感につながるというから、そのせいもあるんだろうか。

（だからって、出せりゃ何だっていいってものでもない気がするけどな……）

くだらないことを考えながらぼんやりとスチールのロッカーを開け、ジーンズをはき、頭をがしがしタオルで拭《ふ》きつつ、半《なか》ば惰性で携帯をのぞく。

ばくん、と心臓が鳴った。

届いている。

メールが、一通。

ボタンを押す指ももどかしく受信フォルダを開く。

〈subj; いま、部活の最中？〉

かれんからだ。

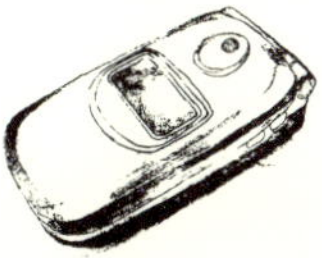

〈——ずっと連絡できなくて、ほんとにごめんなさい。もしよかったら、あとで電話してくれる？　四時半までか、でなければ九時以降だったらいつでも大丈夫だから。……PS.でも無理はしないでね〉

飛びつくようにしてロッカーの奥からかばんを引きずり出し、はずしてあった腕時計をつかみだして見た。

七時十三分。

思わず舌打ちをする。

もういちど着信記録を見ると、メールが届いたのは三時ちょっと過ぎだった。ちょうど僕がグラウンドをぐるぐる走っていた頃だ。なんて間の悪い。

〈でも無理はしないでね〉

するさ無理ぐらい！　と怒鳴りたくなった。実際は無理でも何でもないことだけど、たとえどんな障害があったとしたって今の僕は彼女を最優先にするだろう。

濡れた頭にタオルをかぶったまま、急いで返信メールを打つ。

〈subj;遅くなってごめん！　——いま部活終わったとこ。九時過ぎたらきっと電話する、待ってて〉

「あ、コノヤロ、例の彼女にメールかあ?」

今ごろシャワーから出てきた安西が、いつ洗濯したかわからないタオルで背中を拭きながら言うのを無視して、とにかくボタンを押した。「送信しました」のメッセージを確かめたと同時に、なぜだか急に足から力が抜けて、そばのベンチに座《すわ》りこむ。

ふう、と大きな息がもれた。待ち続けた連絡がようやく来たというのに、嬉しいんだかどうなんだか、自分でもよくわからない。嬉しいには違いないはずなのだけれど、心が固まっていて、うまく動作しないのだ。正座を長く続けた足が、痺《しび》れきったせいで痛みまで感じなくなるのと似ているかもしれない。

「なんだよお前。えらくしんどそうな面《つら》してんな」

安西より先に着替え終わっていた岸本が、僕の隣に座って言った。

「ああ……うん。ちょっと疲れた」

あくまでも部活でという意味のつもりだったのだが、

「遠恋なんだって?」

言われて、ぎょっとなって岸本の顔を見やった。そんなこと、ひと言《こと》も話した覚えはないのに。

「なんで知ってんだよ」

「知ってますよー、五コ上だってことも」

「なっ……だからなんで知ってんだよ！」

「うん？　星野《ほしの》ちゃん」

　岸本は事も無げに言った。

「あンの……」

「まあそう怖い顔すんなって。なんつーか、星野ちゃんにだって立場ってもんがあるんだからさ」

「立場？」

「だってそうだろ？　部ン中じゃ、星野ちゃんがお前に惚《ほ》れてるってことは公然の秘密っていうか、むしろ既成事実みたいになってたわけでさ」

「そりゃしょうがねえだろ、原田先輩が最初にあんなこと、」

「わかってるけど、それはいま横へ置いとくとしてさ。とにかく、お前がほんとは別の女と付き合ってたってことンなりゃ、」

「別の女って言うなよ。もともとそっちとしか付き合ってないんだから」

「わかったわかった、いいから聞けって」岸本はなだめるように言った。「とにかくまあ、それだったらよけいにさ。星野ちゃん的にはこう、みんなに対するポーズみたいなもんが必要になるわけじゃん。『和泉《いずみ》くんに彼女がいることくらい、私はずっと前から知ってました―』『みんなが知らないことだって、私は本人からちゃーんと打ち明けてもらってるんだからねー』ってな感じ？」

「お前……なんでそんなよくわかるわけ？」

「わかんねえのはお前ぐらいだっつの」

そう言われるとぐうの音《ね》も出ない。仕方なしに、僕は別の角度から反撃を試みた。

「だいたい、こうなったのは誰のせいだと思ってんだよ。もとはと言えば、お前と安西がみんなに言いふらしたからじゃねえかよ」

「や、それは違うっしょ」

「は？」

「もとはと言えば、お前が彼女をミサに連れてきたからっしょ。だいいち俺ら、口止めされた覚えもねえし」

「そ、そりゃそうだけど、」

「てか、ああしてわざわざ目立つ晩に目立つとこへ彼女連れてくるぐらいだから、ちょっとは噂《うわさ》にしてほしいのかなーと思って」岸本はますますしれっと言ってのけた。「実際、噂ンなったおかげで、前みたいに不用意にお前と星野ちゃんのことをからかうような奴《やつ》もいなくなったわけだし……って太田《おおた》のバカがいたか。ま、あいつも一応反省してるみたいだし？　そういうこと全部考え合わせたら、悪いことばっかりでもなかったっしょ。お前

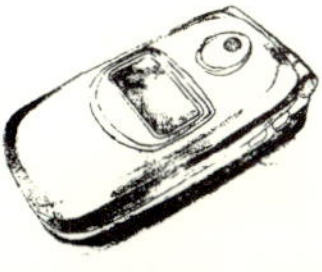

も星野ちゃんも、ある意味、前よか楽ンなったんじゃねえ?」

「……」

図星と言えないこともなくて黙っていると、

「けーどさあ」横から安西のやつが能天気な口調で言った。「やっぱ、あれじゃね? 相手が五コも上で、おまけに遠恋ってのは、けっこうキツくね?」

「ほっとけバカ」

憎まれ口で返しながら、内心、

(ああそうだよ)

と思った。正直、けっこうどころじゃなくキツいよ。

でも、だからどうした。そんなこと、今になってわかったわけじゃない。

＊

おあずけ、と命じられてけなげに我慢していた犬は、いざ許されて餌《えさ》入《い》れに顔をつっこんだとたんにそれが空っぽだったと知った時、どんな気持ちがするんだろう。

あまりにも勢いこんだ自分を恥ずかしく思うだろうか。

それとも、だました飼い主を恨むだろうか——。

誰にも邪魔されずに落ち着いて話せるようにと、できるだけ急いで帰ったアパートの部屋で、僕は携帯の画面をイライラと見つめていた。

かれんが、出ない。

じりじりしながら夜九時を待って、待って、それでも時報と同時じゃあんまり格好悪いから五分だけ過ぎてからかけたのに、出ない。電源を切ってあるとか電波が通じないとかじゃなく、ちゃんと鳴っているようなのに出ない。何度かけ直しても同じだった。

もしかして、また仕事に入ってしまったんだろうか。たまたま急なシフトの変更でもあったとか……。

ホームの仕事中は、携帯をロッカーなり机なりに置いていく決まりなのだと、前にかれんから聞いたことがある。職員の呼び出しや業務連絡などは館内放送で充分だし、私用ならなおさら、お年寄りのお世話をしている時に携帯が鳴るのは失礼だからだそうだ。

つかんだ手の中でむなしく呼び出し音を響かせるばかりの携帯を見つめる。そのうちにだんだん、

(なんだよちきしょう)

と腹が立ってきた。

忙しいのはわかっているけれど、変更があったならあったで、仕事に入る前にひとこと電話してくれたっていいじゃないか。あるいはほんの一行メールを入れてくれてもよかっ

たはずだ。一週間にもわたって宙ぶらりんで放っておかれた僕が、いったいどんな思いで彼女からの連絡を待っていたか、今日だってどれほど弾んだ気持ちで九時になるのを待っていたか、あいつにはまるでわかっていないんじゃないのか。

そう考えたとたん――僕は今さらのようにその可能性に思い至って茫然《ぼうぜん》となった。僕が彼女を想う気持ちと、彼女が僕を想う気持ち……その二つの間には、じつはかなりの温度差がある、ってことなのか？　もしかしてそういうことなのか？

ほんとのところがどうかはわからない。でも、そういう可能性もあるんだと気づいただけで、胃の底は引き絞《しぼ》られるように痛んだ。

かれんが僕を好きでいてくれること自体は、たぶん、本当なんだろう。そういうことで嘘がつけるような器用なやつじゃない。

でも、こういうすれ違いが重なってみると、互いの気持ちの強さや濃さが同じであるようにはとうてい思えなくなってくる。僕と一緒にいた頃のかれんは、もしかして引きずられていただけなんじゃないか。あんまり僕があいつのことを好きだ好きだと全身で訴えるから、ほだされるというか流されるというか、要するにつられるような形で自分のほうもいつのまにかそんな気になってしまって、まるで相手が僕でないと駄目であるかのような錯覚を起こしていたんじゃないだろうか。それが、いざ僕から離れ、鴨川で一人きりになってみて、あいつはふっと目が覚めるみたいに我に返ったのかもしれない。そうして、思いだしたのかもしれない。花村《はなむら》の家で僕と暮らし始める前は、自分だってそれなりにちゃんと一人でやれていたんだってことを。冷静に考えてみたら、べつに僕なんかがそばにいなくても全然大丈夫なんだってことを……。

(そのへんでやめとけって)

(今さらそんなことを考えてどうなる)

そう思っても、いったん坂道を転がりだした暗い考えは何をどうやっても止まらない。

よせばいいのに、こんな時に限って橋本清美《はしもときよみ》の言っていた夢診断までが頭に浮かぶ。

〈誰かがあなたを裏切ろうと……〉

〈用心が必要です……〉

まるでさんざん聴き倒した曲のフレーズみたいに、あの時の言葉のいくつかが脳裏《のうり》をぐるぐる回る。

――そういえば。

キンキンにテンパッた頭がさらにその先まで考える。

――中沢のやつは、もう夏合宿の下見に行ったはずだよな。

……。

………。

絵に描いたようなヤケ酒の缶チューハイを片手に、僕はその夜、何度もかれんの携帯に

電話をかけまくった。メールも送ったし、留守録にメッセージも残した。それでも彼女からの返事はとうとうなくて——。

浅い眠りを切れぎれにつないで夜が更け、そして明け……金曜の朝がくる頃には、僕の神経はぼろぼろに擦《す》り切れてしまっていた。

授業で会った何人かの友だちから、顔色が良くないと言われた。ゆうべ飲み過ぎたせいだと言ってごまかしたけれど、自分でもかなりひどい顔をしている自覚はあった。

相も変わらず携帯を握りしめ、授業中もたびたび開いては電波の状態を確かめる。

おかしい。もしかしてこの携帯、故障しているんじゃないのか。ほかの友だちからの電話は普通に鳴るのに、かれんからの電話だけが鳴らないなんて、どう考えても壊れているとしか思えない……。半ば本気でそんなことを考え始めている自分に気づいた時は、思わず苦笑してしまいながらも、何だか少し怖くなった。

——かれん。

胸のうちで呼びかける。

——俺……どうやら限界みたいだ。

——情けないけど。

——ほんとに、情けないけど。

2

「言わせてもらっていいか?」

　さめかけたコーヒーに目を落とす僕の、ちょうどつむじの上あたりから、耳に馴染《なじ》んだ低い声が降ってくる。

　僕が黙ってうなずくと、マスターは、およそ手加減のない口調で言い放った。

「お前はアホか」

　金曜の夜七時半。二組ほどいた客がいなくなり、店がすこんと暇《ひま》になった空白の時間。

　カウンターの端に座《すわ》った僕のほかに今『風見鶏《かざみどり》』にいるのは、マスターと、向こうの隅のテーブルで何かの書類に目を通している由里子《ゆりこ》さんと、あとは猫《ねこ》のカフェオレだけだ。

　僕らの話が聞こえているのかいないのか、さっきから由里子さんはひと言《こと》も口をはさもうとしない。

「ったく若いくせして、なんだってそう頭でっかちなんだ。恋愛なんてもの、頭でするもんじゃないだろうが、このバカたれが」

　アホだバカだとずいぶんひどい言われようだが、不思議と腹は立たなかった。それどころか、いまだに遠慮のエの字もなくこうして叱《しか》ってもらえることにどこかでほっとしてい

るくらいだった。

もちろん僕だって、最初から人生相談をするつもりで来たわけじゃない。恋愛ごときでいちいち悩んで人に頼るだなんて、そんな格好悪いことできるか、みたいな感覚がある。

それでも今夜はなんとなく、一人きりの静かすぎる部屋に帰るのをもう少し先延ばしにしたくて、それと自分以外の誰かがいれたちゃんとおいしいコーヒーを飲みたくて、ふらりと『風見鶏』に寄ってみたところ、

〈そう言や、勝利《かつとし》お前、あいつと写真付きのメールをやり取りしてるんだって?〉

マスターがからかい半分にそんなことを言うものだから、ついぽろりと口からこぼれてしまったのだ。このごろはしてない、かれんからはもう一週間ほどもろくに連絡がないんだ、と。

たぶん、そのときの僕があまりに沈んで見えたせいなんだろう。いつになく優しげな口調のマスターが、〈それでお前はどうしたんだ?〉とか〈ちょっと待った、それはいつの話だ?〉などと熱心に訊《き》いてくれるのにぽつりぽつりと答えていくうち、結局僕は、あらかたの事情とともに、頭の中でぐるぐる考えていたあれこれまでを一切合切《いっさいがっさい》しゃべらされてしまい……そうして、ひととおり聞き終えたマスターが、いきなりてのひらを返したみたいな口調で言い放ったのが、〈お前はアホか〉だったわけだ。あらためて考えると、やっぱりちょっとひどいがもしれない。

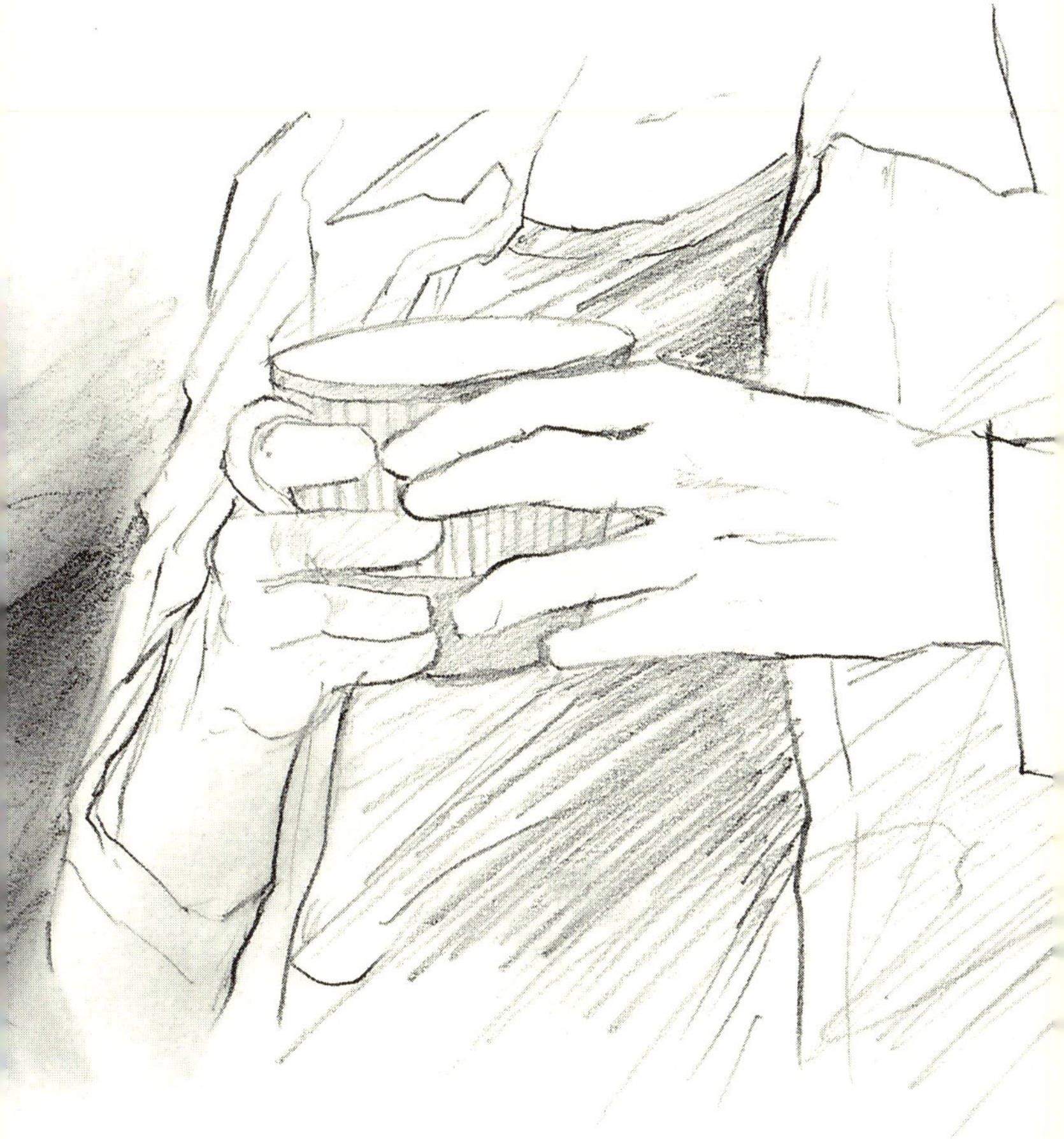

「意地だか見栄だか知らんが、そうやって愚にもつかない理屈ばっかり振りまわしてるから本当のことが見えなくなっちまうんだ」とマスターは言った。「たまには後先考えずに、自分の感情に正直に動いてみろ、このトウヘンボクめ」

「……なんかマスター、さっきからずいぶん容赦《ようしゃ》なくねえ？」

「あたりまえだ。俺を誰だと思ってる」

僕は、ずるずると前屈《まえかが》みになり、カウンターに額《ひたい》を押しつけて言った。

「……兄上様です」

ふん、とマスターは鼻を鳴らした。

「お前にまで兄と呼ばれる筋合いはないがな」

「わかってるよ」ついヤケになって言い返してしまった。「どうせ俺なんかにそんな資格ないよ」

「資格？　何だそりゃ」

僕は黙っていた。言ったとたんに後悔していた。

何だそりゃってもちろん、最初にマスターからコーヒーのいれ方を伝授してもらうことになった経緯を思って言ったわけだけれど——こんなこと、この店を辞《や》めていく時でさえ口にしなかったのに、なんで今さらぽろりとこぼれ出てしまったんだろう。

マスターがやれやれと溜《た》め息《いき》をついて、僕の顔の横からひょいとカップを取る。冷めたコーヒーを流しに捨て、ポットから熱いのを注ぎ直してくれた。

「……サンキュ」

「ったく、どっちもどっちっていうか——ある意味似たもの同士だな、お前らは」

「え？」

思わず目をあげると、マスターの苦《にが》い顔がこっちを見ていた。

「二人とも頭でっかちだって言ってるんだ」

「二人とも……って？」

「だーかーら。かれんのやつが、なんでお前に連絡しなかったかって話だよ」

「うそ、それって何か理由があんの？　マスターはそれ知ってるわけ？」

「そりゃあ、俺はあいつに用がありゃあ遠慮なく電話してるからな。その時あいつが暇なら出るだろうし、仕事中で出られなきゃ、着信記録見てあとで電話してくる」

「……………」

「どうだ、じつに単純な話だろう」

答えられずにいる僕をじろりと見て、マスターはポケットから煙草《たばこ》を出し、換気扇を回してから火をつけた。

マルボロの匂《にお》いがうっすらと漂《ただよ》ってくる。客がいる時は決して吸おうとしないけれど、僕や由里子さんが相手だと少しばかり遠慮がなくなるらしい。

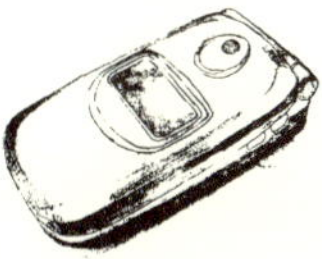

「たしか、今週の頭だったかな」

それでもガス台のほうへ煙を吐き出して、マスターは言った。

「あいつの担当してた婆さんが亡くなったんだ」

「えっ！　まさかそれって……」

「ばぁか。死んだのがうちの婆さんなら、俺がこんなとこでのんびりしてるはずないだろうが」

「あ……そっか。そりゃそうだよね」

人が一人亡くなったには違いないのにほっとするなんて不謹慎《ふきんしん》きわまりないけれど、正直、肩から力が抜ける思いだった。

「身よりのない婆さんでさ。ずっと寝たきりだったところへ、夏風邪《なつかぜ》こじらせて肺炎起こしちまって……ここしばらく近くの病院で治療を受けていたのが、まあ年も年だったんだろうな。体力のほうがもたなくて結局、ってことらしい。かれんのやつ、その婆さんが入院してからは、ホームの仕事の合間を縫《ぬ》って毎日世話しに通ってたんだと」

「仕事の合間？　ってつまり、自分の空《あ》き時間とか休日を削《けず》って、ってこと？」

マスターは流しに灰を落としながらうなずいた。

「俺も、そこまでする必要があるのかって訊いたんだが、『必要のあるなしじゃない』って逆に叱られたよ。『ホームでは自分のお婆ちゃんと同じように思ってお世話してたのに、入院したからって看護師さんだけに任せてほうっておくわけにいかないでしょう』とさ」

「……なるほどね」

　かれんらしいな、と思った。彼女はきっと、面接の時に院長先生から言われた言葉を、自分なりに実践しようとしているんだろう。

「あいつ……」思わずつぶやいていた。「マスターには何でも話すんだね」

「たまたましゃべる機会があったからだ」

「だって——俺は全然知らなかったよ、そんなこと」

　マスターが苦笑混じりにこっちを見た。

「そりゃあ、ろくに電話もしてないんじゃ知りようがないだろ」

「だから、電話してこないのはかれんのほうなんだってば」僕は焦《じ》れて言った。「こっちが遠慮したり気ぃつかったりして電話できないでいることはあいつもわかってんだから、そういう大変なことがあった時ぐらいはさ……」

「ぐらいは、何だ」

「だから、自分からかけてきてくれたってさ」

「ハ、甘いな」と、マスターが鼻で嗤《わら》った。「まだまだ甘いワ、お前」

「なんだよ、それ」

「いや。甘いというより、思いのほかガキだったと言ったほうがいいかな」

さすがにムカッときて言い返そうとした僕に向かって、ふーっと煙が吹きかけられる。まるでケンカでも売っているみたいだ。

「ガキだと言われて怒るのが、ガキの証拠なんだよ」

そう言われるとさらに輪をかけて腹が立つってことは、さらに輪をかけてガキだという証拠、なんだろうか。

カウンターの下で我知らずこぶしを握りしめていると、マスターがふっと笑う気配がした。

「おい、間違えるなよ。べつに、ガキであること自体を責めてるわけじゃない」

「……」

「ほんとはな。その年でヘンに大人ぶって小さくまとまる必要なんかないんだ。俺はこれまで五年ほどもお前を見てるが、ぱッと見、高校時代のお前のほうがむしろ大人だったかのように思えるのは、」

げっとなって顔を上げると、マスターはくわえ煙草のままニヤリとした。

「ああ、ズバリ言っちまって悪いが、はた目にはいささかそう見える。けどそれは、裏を返せば、あの頃のお前がそれだけ必死に背伸びしてたからなんだろうさ。たぶんお前自身も無意識のうちにな。あの親父《おやじ》さんと二人、無理にでもそうしないことにはやってこられなかったんだろうから、しょうがない。でもな、勝利。そんなものはただの張りぼてってことだろ。本来ならお前は、まだしばらくガキでいていいんだ。たぶんそっちが本当の、生身のお前なんだ。同じ年頃の連中がふつうに通る道筋を、お前もふつうに辿《たど》ってるってだけの話さ。俺なんかから何を言われようと、『ガキがガキでいて何が悪い』って開き直ってりゃそれでいいのさ」

「けど……」

「うん？」

「けど俺、そんな悠長なことしてられないよ。だってそれじゃ、いつまでたってもあいつに追いつけない。――まあ、こういうこと言ってる間にもどんどん置いてかれて、あっというまに愛想尽《あいそつ》かされちゃうのかもしれないけど。っつうか、もうそろそろヤバいのかもしれないけどさ」

「つくづくマイナス思考なやつだな」とマスターが嘆息《たんそく》する。「どうした、うん？　いったいどこへやっちまったんだ。俺に向かって、かれんに惚《ほ》れてます、死ぬほど本気です、って言い切った時のあの度胸は」

「あのさ」

とつぶやくと、マスターは問うように目だけを向けてきた。

「前にさ。マスター言ってたじゃん。『一つでいいから、どんな時にも揺《ゆ》るがないものを持て』って。自分だけの基準とか、そういうものを見つけろって」

「──ああ、言ったな」

覚えてたのか、とマスターは言った。

「うん。あれから俺、ずっと探してるつもりなんだけどさ。なんか、全然、見つからないんだよな」

「……………」

「そういうのさえちゃんと見つかりゃ、この色ボケも少しはましになると思うのにさ」

「ふん。それなりに自覚はあるわけだ」

「あるにきまってるだろ」苦笑して、僕は言った。「あるから頭くるんだよ、そういう自分に。ほんとはもう、グダグダ迷ってる場合じゃないんだ。夏が終わったらそろそろ就職活動とかもしなきゃなんないのに、いったい自分が何に向いてんだか、それ以前に何をやりたいんだか、さっぱり……。だからって、一生陸上やってられるわけじゃないし、それだってここんとこ不調もいいとこだし──なんかこう、今の俺って、どこ取ってもイイトコなし？　みたいなさ」

言いながら無理に笑ってみせた僕を横目に、マスターは黙って蛇口に手を伸ばすと、水を細く出して煙草の先をジュッと消した。吸《す》い殻《がら》をフタつきの生ゴミ入れにぽいと放りこむ。

「そう簡単にいくか、バカめ」

「え？」

「そんなにすぐ見つかってたまるか、と言ったんだ」

腱《けん》の浮き出た男っぽい腕が、スツールをひょいと引き寄せる。腰をおろしたマスターは、なんだか憮然《ぶぜん》とした表情だった。

「お前に限ったこっちゃないが、このごろのガキは手間暇を惜《お》しみすぎなんだよ。最初からラクして唯一のものを見つけようなんて気張るから、一歩踏みだす前から臆病になって手も足も出なくなるんだ。いいじゃないか、結果的に遠回りになろうが、失敗に終わろうが。いいか、ガキであることの特権はな、たとえ失敗しても許されるってことだ。何べんでもやり直しがきくってことなんだ。それほどの特権、使わないでどうする」

「……」

「さっきの、かれんが電話してくれないとかって件でもそうだ。そんな、目の下にクマまで作るほど気になるんなら、どうしてお前から思いきって動こうとしない？　なんでいちいち先回りして、裏目に出た場合のことばかり考えるんだ？　転んだときの起きあがり方なんぞ、転んでから考えりゃいいだろう。案外、転ばずにすむかもしれないんだから」

「けど俺、せっかくかれんが一生懸命やってるのに迷惑はかけたくないし……」

マスターはぎゅっと眉《まゆ》を寄せた。

「あのなあ、勝利。人間、迷惑なんてものは、生きてるだけでどうしたって誰かにかけち

まうもんなんだよ。ひらき直れとまでは言わないが、ある程度は覚悟しなけりゃほんとに一歩も動けなくなっちまうぞ。だいたい、さっきから訊こうと思ってたんだが、お前まさか、相手に遠慮したり気をつかったりしてるのが自分のほうだけだとでも思ってるんじゃないだろうな」

「……どういうこと？」

「だから、さっきも言ったろう。かれんのやつが、ここしばらくお前に連絡できずにいた理由をちゃんと考えてやれって言ってるんだ」

「それは単に……忙しかったせいじゃないの？」

マスターが、はぁーっと聞こえよがしの溜め息をついた。

「これだからお前はトウヘンボクだって言うんだ」

「ちょ、待ってよ。わかんないよ俺」

「わからなけりゃ、自分であいつに訊け」と、マスターは言った。「さっさとお前から電話してやりゃいいだろう。あいつだってほんとは待ってるはずだ」

「待ってるならどうして、ゆうべから何回も電話してるのに出ないんだよ」

イライラと言ったあと、その先を続けるのはさすがに少しためらった。でも結局つけ加えずにいられなかったのはやはり、ここ一週間ほどのストレスが溜まりに溜まっていたせいだと思う。いつもならこんなこと、ぜったい言わない。

「正直なとこさ」ひと言ずつ、口から押し出すようにしてつぶやく。「俺、おっかないんだよ。これだけ何度もかけてるのに出ないってことは、もしかして……あいつに避けられてるんじゃないかって」

「はあ？　なんであいつが避けなきゃならない？」

「知らないよ。けど、ずっと離れてりゃ、向こうでどんなことが起こったって不思議はないじゃないかよ。そういうことばっか先回りして考えるなって言われたって、頭が勝手に考えちまうんだからしょうがないだろ」

　また「バカ」とか「アホ」とか言われるんだろうなと思いながら顔を伏せていたのだが、マスターは何も言おうとしなかった。ただ、さっきよりさらに深い溜め息がひとつ聞こえてきただけだった。

「私は、わかる気がするけどな」

　ふいに響いた声に、僕はびっくりして店の隅を振り返った。

「そういう勝利くんの気持ち――ちょっとわかる気がする」

　由里子さんは、束ねた書類をテーブルの上でとんとんと揃《そろ》えながら、僕を見てフッと微《ほほ》笑《え》んだ。今日は光沢のある濃紺《のうこん》のニットを着ている。大きくあいた襟《えり》ぐりが少しもいやらしく見えないのは、大人の女性の余裕なんだろうか。

「裕明《ひろあき》さんはさっき、あなたとかれんさんが似たもの同士だって言ったけど、私から言わ

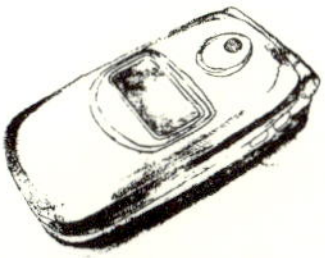

せてもらえば、かれんさんと裕明さんだってけっこう似たもの同士だと思うのよね」

「――どこが」

と、ヒゲに覆《おお》われた仏頂面《ぶっちょうづら》が言う。

「ん?」由里子さんは首を少しかしげて、くすりと笑った。「いくつかあるけど一番は、自分の気持ちを伝えるのがへたっぴぃなところ、かしら」

何か言い返そうとしたんだろう、マスターが口をひらきかけた時だ。後ろでカラン、とドアベルが鳴って、男女二人連れの客が入ってきた。

案の定「いらっしゃいませ」は抜きで目顔だけの挨拶《あいさつ》をしたマスターが、立ちあがってスツールを脇《わき》へよける。

「ま、とにかく……あとは勝手にしろ」と、マスターは低い声で言った。「ただこれだけは忠告しといてやるが、そうやってウジウジしてるうちに、本当に何かが手遅れになっても知らんぞ。――ったく、なぁにが『避けられてるかと思うと怖い』だ」

水のグラスを二つ載せたトレイを片手にカウンターを出ていきざま、最後にマスターは、僕だけに聞こえるようにつぶやいた。

「寝言は寝てから言いやがれ」

部屋に戻った時には、そろそろ九時になろうとしていた。

ポケットから出した携帯を充電器に置き、しばらくそれを眺《なが》めてから、再び手に取る。そうして僕は、前に一応登録しただけでまだ一度もかけたことのないホームの番号を、選んで押した。老人ばかりの施設に電話をかけるには少し時間が遅すぎるかとは思ったけれど、この悶々《もんもん》とした精神状態で今夜一晩を乗り切る自信はとうていなかったのだ。

マスターからいろいろ言われたせいもあるのかもしれないけれど、そればかりじゃなく、とにかくもう一分たりとも我慢できなかった。これでもし、かれんが電話に出てくれなかったとしても——いや、そうだとしたらよけいに、こっちから有無を言わせず会いに行ってやる。そう思った。

もしかしたら、虫の知らせというやつだったのかもしれない。

電話を取った年配の女性は、僕がかれんの身内だと聞くと、ためらいながらもこう言ったのだった。

『あのね——これ、ほんとは本人から口止めされてるんだけど……じつは花村さん、過労で倒れてね。ゆうべから入院してるのよ』

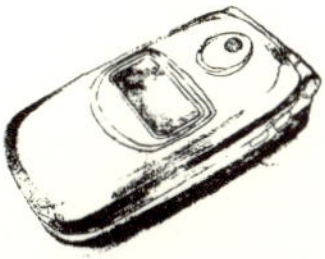

3

ずいぶん久しぶりに、この列車に乗るような気がした。

実際には約三か月半ぶり――そんなに間が空《あ》いたわけじゃないのにそう感じてしまうのは、隣にかれんがいない心もとなさのせいだろうか。

考えてみれば、一人で外房線《そとぼうせん》に乗るのは今日が初めてだ。これまで僕が外房線に乗るときは必ず視界の中のどこかにかれんの姿があった。そもそものいちばん最初、どこへ向かうかわからない彼女の後をこっそりつけたあの日を含めて。

気づかれないようにと、ずっと離れて歩きながら見つめ続けた、頼りない後ろ姿を思いだす。あの薄い肩、細い腰、風になびく髪、そして寂《さび》しげな背中……。


『ええと、和泉さんとおっしゃいましたかしら?』

ゆうべ、僕がホームにかけた電話を取った年配の女の人は初め、なぜか困ったような口調で言った。

『あのう、たいへん失礼なことをうかがいますけど、こちらの花村とはどういったご関係でしょう?』

　その時点で、なんだかイヤな予感がした。手が空いているようなら花村かれんを呼んでほしいと頼んだだけなのに、〈どういった用件か〉ではなくて〈どういった関係か〉を訊《き》くなんて妙じゃないか？

「身内なんです」

　と僕は言った。一応、嘘《うそ》ではないはずだ。

「この春までは何回か、彼女と一緒にそちらへお邪魔《じゃま》したことがあるんですけど」

『え？　あらっ』いきなり相手の声の調子が変わった。『もしかして、ええと、いとこさん？　あの大学生の？』

　覚えていてくれたことにほっとなって、そうだと答えると、

『あらまあ、それはそれは』

　おばさんはぐっと親しげな口調になって小林《こばやし》と名乗り、かれんの指導は主に自分が受け持っているのだと言った。

「いつもお世話になってます」と僕は言った。「それであの、彼女は……」

『うーん、そのことなんだけど……。やっぱり、こうなっちゃうと黙ってるわけにもいかないわねえ』

「はい？」

『あのね——これ、ほんとは本人から口止めされてるんだけど……じつは花村さん、過労

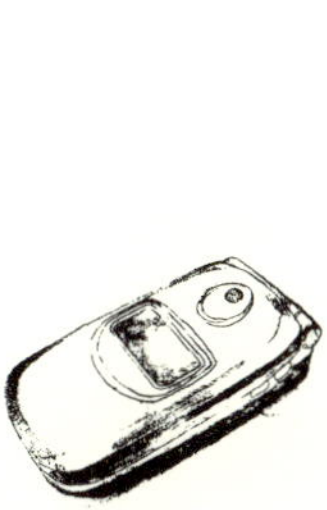

で倒れてね。ゆうべから入院してるのよ』

頭を横からぶん殴《なぐ》られたみたいな気がした。

『ゆうべ、もうそろそろシフトが終わりかけっていう時にいきなりふらーっとなっちゃって。びっくりしたわよう。まあ、何か熱いものとかを運んでる時じゃなくてまだよかったけれど』

「そ、それで具合は?」

『ああ大丈夫、たいしたことはないみたいよ』小林さんはわりにあっさりと言った。『私も今日ちょこっと覗《のぞ》きに行ってきたけど、本人しっかりしてるし、お医者さまもとにかくゆっくり静養すれば大丈夫でしょうって。入院といってもね、大事を取って点滴しながら安静にしてるだけで、明日のお昼頃には退院できるそうだから。——花村さん、かわいそうにこのところ忙しくてあんまり休む暇《ひま》もなかったし、ずっと気丈にして頑張ってたけど、やっぱりいろんなことが相当こたえてたんでしょうねえ。だからこの際、何日かゆっくりおうちで休んでもらって、元気になったらまた来週の半《なか》ばごろからぼちぼち復帰してもらうってことに……あら、もしもし?』

「あ、はい、聞こえてます」

と慌《あわ》てて言った。

『こんな大事なこと、おうちのほうに黙ってるなんて気が引けたんだけど、本人が絶対知らせないでほしいって言うものだから。よっぽど御両親に心配かけたくないってことなのかしらねえ』

　そうだと思います、と僕は言った。

　ここへきてようやく、動悸《どうき》が少しだけ落ち着いてきた。入院と聞いた瞬間は、ほんとうに心臓が止まりそうだったのだ。ゆうべからずっと電話が通じなかったのは、病院にいたせいだったのか。倒れてそのまま運ばれたのだとすれば、もしかすると携帯は今もホームに置きっぱなしなのかもしれない。

『勝手にしゃべっちゃったりして、悪いことしたかしらね。あとで本人に叱《しか》られちゃうかもしれないわ』

「いや、それはないと思いますよ。具合がたいしたことないなら、自分も家族のほうには知らせないでおきますから」

　教えて下さってありがとうございました、と僕が言うと、小林さんはようやくほっとしたように、どういたしまして、と笑った。

『ねえ、和泉さん……んーと、和泉クン、かしら』

「クンでいいです」

『じゃあ、和泉くん。ものは相談だけど、あなた、明日かあさってにでもこっちに来られない？』

「は？」

もちろんたとえ来るなと言われても行くつもりだったが、いきなりの誘いに戸惑《とまど》って聞き返すと、

『あのね』小林さんは声を低めた。『じつは、さきおとといのことなんだけど、花村さんが担当していたお年寄りが亡くなられたのね』

「あ――それは、はい。聞きました」

『あら。じゃあ、彼女がお世話をしに通ってたことも？』

「はい」

直接聞いたわけではなかったけれど、それは言わないでおく。

『そう。その方が亡くなったのが月曜日で、水曜日にはホームからお葬式出したんだけどね、花村さん、その前からずーっと気を張ってたんでしょうねえ。彼女にとってはここへ来て初めて担当した方だったし……それにほら、お見送りをすること自体が初めての経験だから、なおさらショックだったんじゃないかしら。無理ないわ』

そうでしょうね、と僕は言った。

『ほんとにもう、ねえ。なんでもかんでも頑張りすぎなのよ、あの子は』と、小林さんは苦笑まじりに言った。『ああ、勝手にあの子だなんて言っちゃってごめんなさい』

「いえ」

『なんだかこう、自分の娘みたいに思えてきちゃってね。ここでもみんなに可愛《かわい》がられてるのよ、花村さん。ほんとに頑張りやさんのいい子だから。でも、やっと春から働き始めたばっかりなんだし、まだまだ先は長いのに、最初からそんなに根《こん》を詰《つ》めすぎると後が続かないわよってみんなで言うんだけど……本人、ニコニコするばっかりで』

たしかにそれは、ベテランならではの助言なんだろうなと僕は思った。陸上だっておんなじだ。長距離には長距離の走り方があって、最初から百メートル走みたいに飛ばしていてはとうてい最後までもたない。ただ僕には、最初から最後まで自分の精一杯で頑張らずにいられないかれんの気持ちもまた、わかるような気がするのだった。

小林さんはさっき、〈お見送りをすること自体が初めての経験だから〉と言ったけれど、かれんがショックを受けたのはたぶんそのせいだけじゃない。あいつはきっと、亡くなったおばあさんに自分のおばあちゃんの行く末を重ねたのだ。どんなにそうならないようにと祈っても、いつか遠くない将来、別れの日はやってくる。これまであえて考えないようにしていたその事実を目の前に突きつけられたからこそ、あいつは自分の時間を削《けず》ってでもおばあさんに付き添わずにいられなかったのだろうし、そこまでしても結局はただ見送るしかなかったことに、それだけダメージを受けたんじゃないだろうか。

『とにかく、そんなような事情でね』小林さんは電話の向こうで、ふう、と溜《た》め息《いき》をついた。『御両親に心配かけたくないっていう気持ちは本当だとしても、あの子自身はきっと

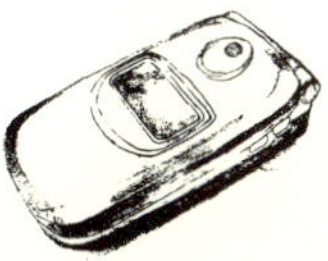

心細いと思うのよ。だから、よかったらあなただけでも顔を見せたげてくれるといいんじゃないかしらと思って。明日が無理なら、おうちのほうへでもいいし。どう？』

明日といわず今すぐにでも駆けつけたかったが、時計を見ると特急の終電はとっくに出てしまったあとだった。鈍行なら途中までは行けるだろうけれどその先の乗り継ぎが無理だし、東京駅から出る高速バスの最終にも間に合いそうにない。こんな時、車やバイクの免許があったら——そう思ってから、いずれにしても夜中に着いたんじゃ面会させてはもらえないか、と思い直す。

「わかりました」と僕は言った。「明日の朝、病院のほうへ行きます」

『よかった。じゃあ、ついでにもうひとつお願い。行く前に、こっちへもちょっと寄ってもらえないかしら？』

「こっちって、ホームへってことですか？」

『そうそう。私、明日は早番だから病院へは行けないんだけど、何かほら、日持ちのするお惣菜《そうざい》とかならちょこっと作ってって、持たせてあげられるから。そしたら、おうちに帰ってレンジでチンするだけで食べられるでしょ？』

「や、飯は自分、作れますんで大丈夫っすよ」

『あら、偉いわねえ。でもまあ、それくらいさせてちょうだいよ。私としても、倒れるほど彼女に無理させちゃったことには責任感じてるの。だから遠慮しないで、ね？』

そこまで言ってくれるものをむげに断るのも申《もう》し訳《わけ》ない気がして、じゃあお言葉に甘えます、と言うと、

『かえってご足労かけちゃって悪いわね』すまなそうに、でも少しほっとしたように小林さんは言った。『明日の、そうねえ、十時半くらいに来てもらえるとちょうど手が空いてると思うんだけれど……あなたはどう？　それでかまわない？』

大丈夫だと答え、もういちど丁寧《ていねい》に礼を言ってから、僕は電話を切った。

ぼんやりと、しばらく立ちつくす。なんだか部屋の壁がゆっくりと僕のまわりを回っているような気がした。というか、ものの数分で世界が一回転したみたいな気分だった。

いくらか迷いはしたものの、花村の家にはやっぱり知らせないでおくことにする。佐恵《さえ》子《こ》おばさんをいたずらに心配させて、後々かれんが働きにくくなってもいけないと思ったからだ。まあマスターにだけは一応報告したほうがよさそうだけれど、それも本人と相談したあとでの話だろう。

とにかく——明日の朝、向こうに十時半に着くには、東京駅八時発の電車に乗らなくちゃいけない。そうして、昼頃に退院の手続きが済んだらタクシーでかれんを家まで送っていって、小林さんにもらったお惣菜でもなんでもいい、何か栄養のあるものを食べさせて……そのあとはもう、無理にでも布団《ふとん》に押しこんで寝かせてしまうことだ。話を聞いてほしければ目が覚めてからいくらだって聞いてやるし、かれんが話したくないと言うのなら

黙ってそばにいてやる。いずれにしても、大事な誰かを亡くした時なんかに、一人きりであれこれ考えてたってろくなことはないんだから……。

そう決めてしまうと、ここ一週間ずっと波立っていた気持ちが少しだけ落ち着く気がした。明日あさってと、かれんの面倒をみるつもりなら、まずは自分がしゃんとしなくちゃ話にならない。

久しぶりにきちんとした飯を作って遅い夕食をとり、散らかっていた部屋を片づけ、風呂を入れてゆっくりつかった。

それから、とりあえず二泊ぶんの荷物をデイパックに詰めた。土日と向こうに泊まって、月曜の朝の電車でこっちに戻ってくれば、午後の授業に出られる。

歯ブラシと、着替えのTシャツと下着、寝間着がわりのジャージ……。最後にそのへんにあった文庫本を一冊かばんにほうりこむと、僕はベッドに潜りこんで夏掛けをひっかぶり、目覚まし時計と携帯のアラームの両方をセットしてから電気を消した。

でも、どんなに強く目をつぶっても、やっぱりうまく眠ることはできなかった。久しぶりに会う彼女のことを考えただけで、頭の芯《しん》が妙にさえてしまったのだ。

単調なレールの音に、今ごろになって眠気を誘われる。

車窓の風景をぼんやり眺《なが》めやりながら、生あくびをかみ殺した。外にひろがる家々の屋根も、木々も、あまりの日ざしの強さに輪郭《りんかく》が白っぽく飛んでいる。

〈かわいそうに、このところ忙しくて休む暇もなかったし〉

　小林さんの声が耳によみがえる。

〈ずっと気丈にして頑張ってたけど、やっぱりいろんなことが相当こたえてたんでしょうねえ〉

　――ったく、かれんのやつ……。

　思わず溜め息がもれる。

　過労なんかでぶっ倒れたりする前に、どうしてひとことも言ってくれなかったんだよ。ここしばらく、本来の仕事と病院通いの両方でほんとに大変だったはずなのに、こっちに対しては――少なくとも先週末までは――いつもと変わらない、愚痴《ぐち》や弱音の影すらもない、ふだんとまるきり同じようなメールばかり送ってよこして。担当のおばあさんが亡くなった月曜以来、それこそばたばたしてて連絡する暇がなかったのはわかる。理屈では、わかる。でも、本当ならそんな時こそ電話してきて、今すぐ会いたいって言ってくれればいいじゃないかよ。いちばんつらい時に慰《なぐさ》めてもやれないんじゃ、恋人なんかいてもいなくても同じじゃないかよ……。

　肝腎《かんじん》な場面で頼りにしてもらえない腹立たしさと、それを上回る愛おしさとが一緒くたにこみあげてきて、僕は、座席の肘掛《ひじか》けをぎゅっと握りしめた。

＊

約束の時間よりも少しだけ早く着き、居合わせたスタッフに小林さんの名前を告げると、もうじき下りてこられるはずだからしばらくこの奥のラウンジで待っていてほしいと言われた。

ラウンジというのは、一階の寮母室の向かいにあるゆったりとしたスペースのことだった。入居者の人たちが集まって思い思いにくつろげる場所であると同時に、来客との面会スペースも兼ねていて、芝生の庭に出られる大きな掃き出し窓のおかげで実際の広さ以上に開放感がある。

奥の壁ぎわには、大画面のテレビ。邪魔にならない位置に観葉植物が置かれ、ブラインド越しにさしこむ日ざしが床の上に縞模様《しまもよう》の影を落としている。ラウンジの手前のほうには来客用のソファもあるにはあるが、ほかに椅子《いす》などは置かれておらず、そのかわりテーブル同士の間はたっぷりと間隔が取ってある。ここではほとんどの入居者が車椅子で移動するせいだろう。

げんに今も、三人のお年寄りがテレビに向かって車椅子を並べている。後ろ姿だけだとおじいさんなのかおばあさんなのかイマイチ区別がつかないな、と思いながら、僕は手前のソファに腰をおろした。待っている間にかれんのおばあちゃんの顔を見てこようか、と考えなかったわけじゃないけれど、今は正直、かれんのことだけでいっぱいいっぱいだった。

小林さんが下りてきてくれたのは、それから五分もたたないうちだった。

「お待たせしてごめんなさいねえ」

面と向かって話すのは初めてだったが、エプロンの胸につけられた名札を見るまでもなく、その明るい声で当人だとわかった。年の頃はたぶん五十歳前後。小柄《こがら》で丸っこくて、笑顔が人なつこくて、でもどことなく頼もしくて――この人がかれんを可愛がっているのと同じように、きっとかれんのほうもこの人のことを慕《した》ってるんだろう。

「はいこれ。荷物になるとは思うけど、持ってってあげてくれる？」

地元の書店の名前が入った手提げ袋は、手渡されてみるとずっしりと重かった。中を覗くと、惣菜を詰めたタッパーがいくつも入っていた。

「ほんとにすみません」と僕は頭をさげた。「ご迷惑をおかけしたばかりか、こんなことまで……」

「あら、いいのよう。こちらこそ、たいしたことしてあげられなくてごめんなさい。ほんとは花村さんちにも一緒に行って、御飯の面倒くらいみてあげたいんだけど、うちもほら、やっぱり手が足りなくてねえ」

「いえ、お気持ちだけで充分です」

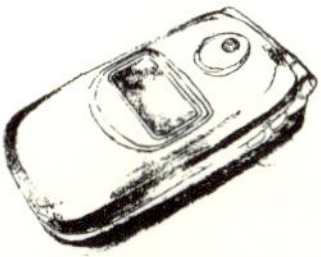

月曜の朝まではこっちにいられるので、あとのことは自分がやりますと僕が言うと、小林さんはだいぶ安心してくれたみたいだった。

「あれえ？　そのひと、前にお花ちゃんと一緒に来てた人だろう？」

ふいにこちらに向けられた声にふり返ると、テレビを見ていたはずのお年寄りのうち、左端の人が車椅子ごと僕らのほうに向き直っていた。ごま塩頭のおじいさんだった。

「もしかして、彼氏かい？」

そうです、とは言いたくても言えない。

「いとこさんなんですってよ」

と小林さんが声を張りあげる。

「だれのォ？」

「だから花村さんの」

「お花ちゃんの彼氏？」

「じゃなくて、いとこさん！」

「ああ、ほーおかい」

いつのまにか、ほかの二人も首をよじってこっちを見ている。右端の痩《や》せた人がおじいさんで、真ん中の小さい人はおばあさんだった。

「お花ちゃん、モテモテだねえ」

と右端の人が言う。

「違うんだって。いとこなんだってさあ」最初の人がしなくてもいい間違い直しをして、歯のない口でにんまり笑った。「まあそりゃあ、そうだわなあ。彼氏にしちゃあ、ちょっくら若すぎらあなあ。お花ちゃんの彼氏は、こないだここへ来たあの背の高ぁい人のほうだろぉ?」

(——え?)

凍りついている僕には気づかずに、

「あら、本人は違うって一生懸命言ってましたけどねえ」と小林さんが笑った。「あの方はね、前に花村さんが勤めてた学校の先生なんですって」

「先生で彼氏だって、ちっともかまわねえべ」

「そりゃそうでしょうけど、それ以上のことは知りませんよ私だって」

「だってあの晩、お花ちゃん、あの人と二人っきりでどっか出かけてったぞぉ?」

「だから知りませんて。あとのことは本人に聞いて下さいな」

まったくもう、ねえ、とこっちに笑いかけてくる小林さんに、どうにか笑《え》みらしきものを返せたかどうか——。

「あの、」ごくりと唾《つば》を飲み下して、僕は言った。「その先生っていうのは、もしかして中《なか》沢《ざわ》さんって人じゃ……」

「ああそうそう、その方よ」小林さんは事も無げに言った。「お知り合い？」

「——自分もその高校の出なもんで」

「あらま、そうなの」

「ここへ来たの、いつごろですか」

「ええと……」記憶をたぐるように、小林さんは天井を見あげた。「たしか先週……ううん、その前じゃなかったかしら。何だったたか、学校のご用事でこっちにみえて、そのついでに寄ったっていうふうに聞いたけど」

——先々週。考えただけでグラリと血が沸《わ》いた。かれんのやつ、ほんとにあいつと二人きりで出かけたってのか……？

「ねえ、ちょいと」ふいに真ん中のおばあさんが口をはさんだ。「そちらさん、お花ちゃんのお知り合いかぇ？」

「だからぁ、いとこだって言ってるべ？」

横から笑われたのを聞き流して、おばあさんは僕に言った。

「お見舞いに行くのかぇ？」

「え……と、はい、まあ」

「そんなら、会ったらよろしく伝えてちょうだいよ。ゆっくり休んで、早いとこ良くなっとくれって。あの子がいないと、どうにも寂《さび》しくっていけないよ」

どこへ行ってもあいつはお年寄りに可愛がられるんだなと思いながら、はい、伝えます、と僕は言った。

「そういえばさあ」と、おばあさんが小林さんに目を移す。「さっきも誰だかが、お花ちゃんを訪ねて来てたねえ？」

「あら、それ知らないわ私」

「あのほら、なんとかいう看護師さんがほれ、そこんとこで応対して、いま入院してますっつったら慌てて病院ふっとんでったみたいだけど」

「ええ？　やだほんとに？」小林さんは眉《まゆ》を寄せて僕を見た。「しまったー、山下《やました》さんには花村さんのこと口止めしてなかったのよね、土曜しか来ないからと思って。うーん……訪ねてきたってどなたかしら」

　僕に訊かれてもわかるわけがない。

　でももしかすると、かれんのお隣の高梨《たかなし》さんあたりかもしれないな、とは思った。かれんが足かけ三日も家に戻ってこないから心配になって、町なかまで出てきたついでに様子を見に寄ってみた……とか。あの人だったら大いにありそうだ。

　ともあれ、そろそろ行かないと退院に間に合わなくなる、と腕時計に目をやった僕を、

「あ、そうよね、急がなくちゃ」

小林さんは玄関まで送ってくれた。

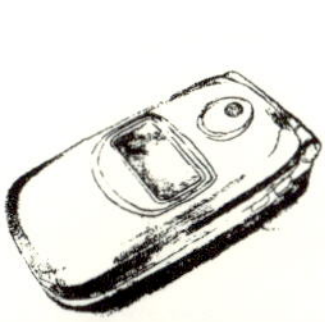

「あと、これこれ」エプロンのポケットから何か白いものを取りだしてよこす。「彼女に渡しておいてくれる？　昨日持ってってたげるの忘れちゃって」

それは、かれんの携帯だった。

おそらくは僕が何度も何度も鳴らしすぎたためだろう――充電されないまま電池切れになってしまった携帯は、手の中でひんやりと冷たかった。

＊

病院はここから二十分くらいの海沿いにある、と小林さんは言っていた。

いつもだったら歩いていくところだけれど、今はその時間も惜《お》しい――そう思ってタクシーをつかまえて乗ったのだが、これが裏目に出た。夏休みでおまけに土曜とあって、国道が結構な渋滞だったのだ。

行きかう車のナンバーを見る限り、関東近県から来ている人たちが多そうだった。海水浴客のほかにも、途中の大きな水族館に入ろうとする家族連れの車が列をなしていて、道路の真ん中には交通整理の係員まで立っている。

「すいませんねえ、こんな近いのに時間くっちゃって」

何度目かの信号待ちをしながら、初老の運転手さんは言った。

「この季節だけなんですけどね、ここまで渋滞すんの。ああ、あと春からゴールデン・ウィークにかけても花摘《はなつ》みのお客さんでちょっとは混みますけど、あとはもう、ハハ、寂しい街ですワ。遊ぶとこっつっても近頃じゃパチンコ屋もつぶれる始末でね。話題っつったら、たまに定置《ていち》網《あみ》にクジラやイルカが迷いこんだんで救出したとか、なんたらアザラシのカモちゃんがまた来たとかいなくなったとか、せいぜいそんなことくらいでしょ。まあ平和っちゃ平和なんでしょうけども、ハハ、ねえ。——ええと、お見舞いですか?」

　イライラと外を見ていたせいで、最後の言葉が自分に向けられた質問だと気づくのに一瞬遅れた。慌てて顔をあげると、バックミラーの中から皺《しわ》の寄った目がこっちを見ていた。

「あ、はい……というか、今日退院なんで、迎えに」

「ああ、そりゃあ良かったですねえ。おめでとうございます」

　アリガトウゴザイマス、と条件反射のように返しただけなのに、なんだか急に、これからかれんと会うのだという実感が湧いてきた。あと、少し。あとほんの数百メートルほど先にかれんがいて、もう数分もすれば会える。そう思うだけで、情けないくらい心臓がばくばくしてくる。

　やがて、車は渋滞を抜けて走りだした。そこから先はすぐだった。ちょうど海沿いの松林が途切れてひらけたあたりで目の前に現れた病院の建物は、想像していたよりもずっと大きくて近代的なものだった。しかも、すぐ目の前が太平洋。ずらりと並んだ病室からの眺めもすごそうだ。

本館の正面玄関前で降ろしてもらい、ひろびろとしたフロアの一角にある総合受付で、内科の入院病棟への行きかたを尋ねた。教えられたとおり、いったん外へ出て歩いていく。

日ざしは今日も強い。退院祝いに花でも買ってこようかと、一応考えはしたのだけれど、やっぱり持ってこなくて良かったなと思う。こんな日ざしの中を持ち歩いたら、いっぺんでしおれて駄目になってしまうだろう。

潮風の匂《にお》いをかぎながら、入院病棟前の広い駐車場に足を踏み入れた、その時だ。

ふと視界をよぎったそれにハッとなって、目をこらした。三十メートルばかり先に止めてある白い乗用車の手前で、再び、見覚えのあるマドラスチェックのワンピースが揺《ゆ》れた。

「かれん!」

あぶなく行き違いになるところだった。よかった、ここで会えて――そう思いながら、もう一度、

「かれん!」

呼んだのだけれど、やはり風にまぎれて聞こえなかったらしい。

誰だろう、男の人にドアを開けてもらった彼女が、助手席に乗りこもうと身をかがめるのが見える。駆けだしながら、僕は三たび呼ぼうとして――次の瞬間、つんのめるように立ち止まった。

(な……んで……?)

ドアを押さえて手を貸していたその誰かが、かれんに話しかけながら笑っている。

（なんで……あいつが……）

動けなかった。靴の底がアスファルトに貼《は》りついたみたいだった。

どうして。どうしてこのタイミングで、あいつがここにいるんだ。なんで今日が退院だと知ってるんだ。っていうか、かれんが入院したことをいったい誰が知らせ――。

もしかして。

（さっきホームに訪ねてきたっていうのは……）

ぎり、と奥歯がきしみ、髪が逆立つのがわかった。もののたとえじゃなく、地肌からぶわっと浮きあがるような感じだった。

歯を食いしばったまま、靴底を無理に引きはがすようにして近づいていく。

と、視線を感じたのだろうか、やつが不意にふり返った。

「あれ？　勝利くん」

ぽかんと能天気な中沢氏の反応に、まともな挨拶《あいさつ》を返す余裕なんてなかった。挨拶どころか、ただの会釈《えしゃく》さえ返せなかった。

手前に止められた黒いワゴンの前で立ち止まった僕は、あいたままの助手席のドアから、かれんだけを見据《みす》えた。驚きの表情のあとに、彼女の顔がかすかな後ろめたさにゆがむのを確かに見たような気がして、胸が刺されたみたいに痛んだ。

「いやあ、びっくりしたなあ」

体ごと僕のほうに向き直った中沢氏は、ぶん殴ってやりたいほどのんびりした口調で言った。

「偶然——なわけはないよね。きみも、彼女を迎えに来てくれたんだろ?」

食いしばった歯の間から、

「……そう、スけど」

かろうじて言葉を押し出すだけで精一杯だった。来てくれた、って何だよそれ。なんであんたが、かれんの保護者ヅラして俺に物を言うんだよ。

「行き違いにならなくてよかったよ。ちょうどいま、かれんさんをお宅まで送っていくところだったんだ」

かれんさん? いつから花村先生じゃなくなったんだ?

「きみももう、ここに用事はないんだろう? さ、乗って乗って。どこかで飯でも食って行こうか。あ、でもかれんさん、からだ大丈夫かな。まだ本調子じゃないですもんね」

かれんが何か答えかけて、やめる。

僕が押し黙ったまま動かずにいると、かれんは何を思ったか、ふいにスッと助手席から降り立って、小さな声で中沢氏にひとこと言った。ふり返った中沢氏が、ちょっとびっくりしたような調子でなだめるのが聞こえたけれど、かれんはぺこりと頭をさげ、自分で助

手席のドアを閉めた。

とはいえ、僕のほうに来るわけじゃなかった。胸にバッグを抱えてそこにつっ立ったま、足もとに目を伏せている。

——少し、痩せた。やつれた、と言ったほうがいいかもしれない。

あの懐《なつ》かしいマドラスチェックのワンピースに、白いカーディガン。髪を後ろでひとつに束ねたその姿は、なんだかふわふわと影が薄くて、これ以上日ざしにさらされていると霞《かすみ》みたいに蒸発して消えてしまいそうだ。

中沢氏は、物言いたげな顔でしばらく彼女を見つめていたが、やがて一つ嘆息したかと思うと、僕のほうをじっと見た。苦《にが》い笑みを浮かべ、聞こえよがしの溜め息をついて、やれやれまったく、と言わんばかりに首を振る。

とたんに、さっきが頂点と思っていた怒りがさらに倍ほどにふくれあがるのを感じて、僕は体の震《ふる》えを必死におさえつけた。

どうしてあんたは、いつまでもしつこくかれんを構おうとするんだ。彼女が僕と付き合ってるってことくらい、もうずっと前から知ってるくせに！

いっそ怒鳴りつけてやりたいのに、何からどう言えばいいのかわからない。そのせいでなおさら頭が煮《に》える。

「——そう、ですか」と、中沢氏はつぶやいた。「ま、しょうがないですね、そういうことなら。じゃあ、かれんさん」

　弾かれたようにかれんが目をあげる。

「僕は、ここで失礼しますよ」

「あの……ごめんなさい」かれんは深く頭をさげた。「せっかくのご厚意を無にしてしまって」

「いやいや」中沢氏の苦笑が濃くなった。「いきなり伺ったのはこっちですから。こんな形でも、お会いできただけ良かったですよ。入院だなんて聞かされたときは寿命が縮まりましたけどね」

「……すみません」

「今回はお送りできなくて残念でしたけど、勝利くんが付いててくれるなら安心でしょうし。しつこいようですが、ほんとにあんまり無理しちゃ駄目ですよ。もとからそんなに頑丈ってわけじゃないんだから」

　黙って再び頭をさげたかれんに向かって、

「それじゃ、どうぞお大事に。また折を見て、ゆっくり伺います」

ずいぶんきっぱりと言い残すと、最後に中沢氏は、これまで見せたこともないくらい強い一瞥《いちべつ》を僕によこして、運転席に乗りこみ、静かに車を出した。

　並んだ車の間を抜け、料金ゲートをくぐって大通りへ出ていく白いクラウンを、無言で

見送る。あたりの物音や、アスファルトから立ちのぼる耐え難い熱気などが感覚として戻ってきたのは、中沢氏の車が完全に見えなくなってからのことだった。

口をひらくと何か取り返しのつかないことを言ってしまいそうで、僕はかれんに近づくと、黙って手をのばした。とたんに彼女がびくっとなる。

「……荷物」

と僕は言った。

「……だい……じょうぶ」

「いいから。よこしなって」

帆布製のバッグを半ば無理やり受け取り、先に立って歩きだす。ふり返らなくても、少し離れてかれんがついてくるのがわかった。

本館前に停まっていたタクシーの一台に僕が乗りこむと、彼女はおとなしく後から乗ってきた。

海辺の松林を横目に、さっきの道を戻る。

渋滞をようやく抜けた車が、途中から山の方角へ折れたあたりで、かれんはぽつりと言った。

「――どうして？」

どうして？　それを訊きたいのはこっちだ、と思ったが、

（相手は病人だっつの）

自分に言い聞かせて、ぐっとこらえる。

「どうしてって？　なんで入院を知ったかってこと？」

「……うん」

「ゆうべ、ホームのほうに電話して聞いた。けど、佐恵子おばさんとかには言ってないから」

「……そう。あの……ごめんね。おとといの晩、電話に出られなくて」

謝るのはそのことだけかよ。

答えずにいると、かれんは何度かためらったあとで、再び口をひらいた。

「中沢さんがあそこにいたのは、」

「あとで」

「……え？」

「その話は、あとで聞く」

どうにか普通の声で言えたと思ったのに、かれんはますます体を小さく硬くして押し黙った。

僕は、そろそろと息を吐いた。

こんなはずじゃなかった。こんなつもりでもなかった。ほんとうに久しぶりに会えたの

に、この日をあれほど心待ちにしていたのに、ちきしょう、どうして、、、、、

〈中沢さんがあそこにいたのは——〉

いたのは、何だっていうんだ？　俺を納得させるだけの理由があるっていうのか？　だいたいあいつはなんでこんな頻繁《ひんぱん》に来るんだ？　今日だって家まで送らせて、お前はそのあとどうするつもりだったんだ？　部屋に上げるつもりだったのか？　それとも、ほんとにこの前あいつと出かけたんなら、今さら二人きりになるくらいどうってことないのか？　もしかしてその夜も家まで送ってもらって、それから——。

話はあとで聞くと言ったのは自分のくせに、今すぐ隣に座《すわ》るかれんの肩をつかんで揺さぶって問いただしたくなる。優しくしたいのに、できない。できない自分に苛々《いらいら》する。そしてまた、そうさせているのは誰だよ、と彼女を恨みたくなる。出口のない、負の感情のループだ。

（……くそ！）

どうしようもなくて、僕はかれんから顔をそむけ、窓の外へ目をやった。

名付けようのない感情が竜巻みたいに体の中で荒れ狂っていて、自分で自分の足をつかんで押さえつけていないと、運転席の背を思いきり蹴《け》りつけてしまいそうだった。

4

タクシー代は、僕が払った。かれんが自分の財布を出そうとバッグに手を伸ばしてくるのを、

「いいから」

ひと言《こと》さえぎっただけで、彼女はまるでヤケドしかけたみたいに手を引っこめた。

今にも泣きそうな顔をしているのがわかったけれど、僕は見て見ぬふりをした。少しくらいは、

(そのまま泣いてろ、ばか)

という気持ちもあったかもしれない。

家の前で降り立つなり、頭上から、蟬時雨《せみしぐれ》がかたまりのように降ってきた。あたりを鬱《うっ》蒼《そう》とした緑の山々に囲まれているせいだ。

背中で車の走り去る音を聞きながら、かれんに続いて庭へと入っていく。ここしばらくは草取りに精出す暇《ひま》もなかったのだろう、伸びかけの雑草がそこかしこにはえていたけれど、縁側の軒先に立てかけるようにして組まれた竹には西洋朝顔のつるがきっちりと巻き付き、もう昼近いというのに大輪の真っ青な花をいくつも咲かせていた。

引き戸をカラカラと開け、かれんが僕をふり返る。

「……どうぞ、上がって。いまお茶いれるね」

座敷を横切って土間の台所へ向かおうとするかれんを押しとどめ、僕は、彼女が寝室にしている奥の六畳の押し入れから勝手に布団《ふとん》を出して敷いた。

「あの、私なら大丈夫だから」かれんは僕の後ろでおろおろと言った。「どんなふうに聞いてるか知らないけど、全然たいしたことないの、ちょっと疲れて貧血起こしただけでほんとに、」

「いいから寝ろよ」

「でもあの、」

「寝ろって！　ったく、そんな青い顔して何言ってんだよ」

「……………」

「ちゃんとパジャマに着替えて寝ろよな。次見た時、まだそのままなら本気で怒るぞ」

「あの、」

「なに」

かれんはうつむいて言った。「先に、シャワーだけ浴びてくる」

「ええ？」

「だって……病院で、お風呂入れなかったから……髪とか気持ち悪くて」

「大丈夫なのかよ」

「……ん」

「——好きにすれば？」

言い残して、僕は六畳を出ると土間の台所に下り、とりあえずポットに湯を沸《わ》かした。

(ったく……)

何が〈いまお茶いれるね〉だ。二晩も入院したくせに、自分が今どういう状態だかちっともわかってないんじゃないか。

カリカリしながら、小林さんから渡された紙袋の中身を出して並べてみると、野菜の炊き合わせや豆腐の炒《い》り煮《に》、鶏《とり》そぼろや魚の煮付けなどがあれこれ入っていた。これだけあれば、今日のところは飯を炊くだけでよさそうだ。たしかに助かったなと思う。冷蔵庫の中身も心許《こころもと》ないし、これから何か作るとなったら食材から買い出しに行かなければならないところだった。

かれんの胃のことを考えると今日ぐらいは普通の飯よりおかゆのほうがいいかと思い、米をとぎあげ、棚から土鍋を出して水で洗う。そういえば彼女に、土鍋を洗うときは洗剤を使うなと教えたのもこの台所だったたっけ……。

そんなふうにひたすら手を動かし続けている間には、僕もいくらか冷静になってきた。

いいかげん、どうかしている。自分が来たのは病《や》みあがりのかれんに無理をさせないた

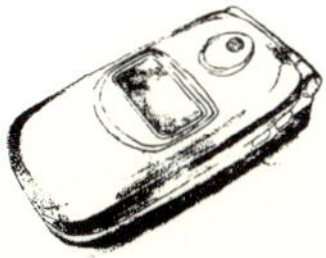

めだったはずなのに、あろうことか出だしから逆上して、事情も聞かずにただ彼女ばかりを責めてしまった。ほんとうは、会ったら最初に言ってやらなきゃと思っていた言葉だってあったのに……。

風呂場の折れ戸が開き、かれんがバサバサと髪を拭《ふ》く音が聞こえる。少し後から、ドライヤーの音も聞こえてきた。この暑さの中、二日も風呂に入れなかったのはなるほどつらかったろう。

惣菜をそれぞれ器に移して、空いたタッパーをていねいに洗い、水切りトレイに伏せておく。

着替えの済んだ頃を見計らい、手を拭きながら奥の座敷へ行って入口に立つと、かれんはすでに夏掛けにくるまっていた。言われたとおり、ちゃんとパジャマに着替えたようだ。

「腹は?」むこう向きの背中に、そっと声をかける。「へってる?」

「……ううん。もうちょっと後でいい」くぐもった小さな声で、かれんは言った。「でも、ショーリは食べて?」

「俺もまだいいよ」

それきり流れる沈黙が、ひどく気まずい。

畳を踏み、そばまで行って枕元にあぐらをかくと、少ししてからかれんがそろりと寝返りを打ち、引っぱりあげた夏掛けから目だけをのぞかせて僕を見た。瞳全体が水っぽく潤《うる》んで、下まつげの際がうっすら赤くなっている。

「――ごめんな」

と、僕は言った。

「……え？」

かれんの声がかすれる。

「小林さんから聞いたよ。お前ここんとこ、一人っきりでうんと頑張ってたんだってな」

「……」

「久しぶりに会えたのに――俺なんて正直なとこ、すっごいお前の顔見たくて、会ったらいっぱい色んな話しようと思ってたのに……なのに、さっきから俺ずっと怒ってばっかでさ。だから、ごめん」

けど、言わせてもらえばお前だって悪いんだぞ。

そう続けようとしたのに、あっと思った時にはもう、かれんの瞳いっぱいに水の膜が張りつめ、ダムが決壊するみたいに目尻からあふれてこめかみへと流れ落ちていた。

「か、かれん？」

細い手が夏掛けの下からのびてきて何かをまさぐり、膝《ひざ》の上にあった僕の手をつかんだとたん、溺《おぼ》れかけた人のようにしっかりと握りしめる。

「んっ……ううっく」

すねた子犬みたいな唸《うな》り声をもらし、大きく肩を揺《ゆ》らして泣きじゃくりながら、かれんは僕の左手を引き寄せて両手で包んだ。自分の額《ひたい》に押しあてたまま、何度も何度もきつく握りしめ直しては、またこらえきれずに泣きじゃくる。湿っぽい息が僕の手首の内側あたりに触れて、まるで蒸気みたいに熱い。

僕は、残った右手をのばして彼女の頭をくしゃっと撫《な》でた。

「ごめんってば。――なあ、泣くなよ」

「……………」

「ほんとにお前、えらいと思うよ。一人でよく頑張ったよな。よしよし」

「……た……やって」

「ん？」

「また、そうやって、子ども扱いする」

鼻が詰《つ》まっているせいで、こどぼあづがい、と聞こえる。

まだ少し湿りけの残っている彼女の洗い髪をくり返しそっと撫でてやると、そうしている僕のほうがなんだかものすごくほっとして、体から力が抜けた。

「してないよ」

網戸のはまった腰高窓の向こう、空にはむくむくと入道雲が湧いている。北側に面した窓から見る空はおそろしいほど青色が濃くて、白い雲とのコントラストが目にまぶしい。

「ホームの小林さんがさ。お前のこと、頑張り屋だってほめてたぞ」

かれんと自分、さっきから尖《とが》りっぱなしだったお互いの神経をなだめたくて、ことさらにゆっくりと僕は言った。

「さっき俺が行ったときラウンジにいたおばあさんも、お前によろしく言ってくれってさ。『お花ちゃんがいないと寂《さび》しくっていけないよ』って」

かれんがぽつりと、松井《まつい》さんね、とつぶやく。

「っていうのか、あの人」

「ん。小柄《こがら》な人、でしょう?」

「うん」

「東京で、謡《うたい》のお師匠《ししょう》さんしてたんだって」

「ああ……そういえば、しゃべり方がなんかそんな感じだったかな」

かれんは黙って、ぐしゅっと洟《はな》をすすった。

ジージジジ、とすぐ外の木から蟬が飛び立つ。裏山が迫っているせいで、この家で聞く蟬の大合唱ときたら、まるで耳のそばで揚げ物をしているかのようだ。アブラゼミにツクツクボウシ、ミンミンゼミ……まだ昼間だというのに気の早いヒグラシの声まで聞こえる。

扇風機がゆるゆると首を振り、生ぬるい空気を頼りなくかき回す。汗ばむ額にかかる髪をかきあげてやると、かれんはふっと吐息《といき》をもらして目をとじた。

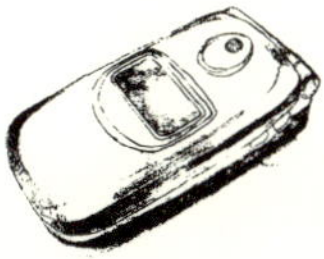

「——だけどさ」と、僕は続けた。「いくら頑張るにしたってお前、限度ってもんがあるだろ」

「……」

「ここんとこ、ろくに休みも取ってなかったんだって？　そんなことしてたら、倒れるの当たり前じゃないかよ。俺、前にも言ったよな。お前が倒れたりしたら、かえってみんなに迷惑かけるって。自分の限界を無視してまで頑張ってどうしようっていうんだよ。そのへんのこと、もうちょっとちゃんと考えろよ」

「……ん。ごめんね」

「俺に謝ったってしょうがないっつの」

「……わかってる。これからは、気をつける」

ようやく、かれんが僕の手をはなし、着ているパジャマの袖口《そでぐち》で濡《ぬ》れた頬《ほお》を拭《ぬぐ》った。

そばの文机《ふづくえ》の上からティッシュの箱を取って渡してやりながら、なんだか自分はこんなことばかりしているなと思う。思い返せばわりとしょっちゅうそういうことになっているのは、かれんが泣き虫なせいもあるにせよ、やっぱり、性懲《しょうこ》りもなく泣かせてしまう僕のほうに進歩がないってことなんだろう。

腫《は》れぼったい目をして、こめかみやら鼻の下やらをぬぐっているかれんを見おろす。

そうやって俺のせいでお前が泣くのを見るたび、後悔でたまらない気持ちにはなるけど、同時に心臓の端っこがつねられたみたいにきゅっとなって、なんとなくまんざらでもなかったりもすんだよ……なんてことを正直に言ったら、こいつはたぶん怒るだろうな、と思ってみる。甘ったるくて凶暴な、自分でも手に負えない気持ち。かれんはきっと、僕の中にそういう僕がいることを知らない。

「――なあ」思いきって言ってみた。「訊《き》いてもいいか？」

すでに何を訊かれるかわかっていたかのように、かれんがまた悲痛な顔になって、こくんとうなずく。

「中沢さんのこと、なんだけどさ」

切りだしてからちょっと自分が情けなくも思えたけれど、このまま聞かずに済ませることはやはりできなかった。

「こっちに来るの、今日で二回目なんだってな」

「あの……起きあがってもいい？」

「………」

「話す間だけ」

僕がうなずくと、かれんはもそもそと起きあがり、落ちつかなげに髪とパジャマの襟元《えりもと》を直した。

「……最初はね。前にも話したとおり、夏合宿の下見だったの。たしかこの前の、その前の土曜日。御宿《おんじゅく》と勝浦《かつうら》の民宿へ行ってみて、結局御宿のほうに決めたとかで……それで夕方の空《あ》いた時間にホームのほうにみえて、久しぶりだったから少し話したの。それが、一回目のとき」

「話したって、どれくらい？」

「ちょっとよ。ほんのちょっと」

「どこで？」

「――下のラウンジで」

「それだけ？」

「え？」

「デートしようとかって誘われなかったの」

「そんなわけ、ないじゃない」

「デートじゃないにしてもさ。このへんを案内してくれとか、旨《うま》い店教えてくれとか」

「そ……そんなこと、訊かれたって私よく知らないし」

言いながら、かれんが布団に目を落とす。自分の指が、パジャマの襟元をぎゅっと握りしめていることには気づいていないらしい。

「じゃあさ」と、僕は言った。「じゃあ、その晩、あいつと二人っきりでいったい何しに出かけたわけ？」

かれんが、ぎょっとなって僕を見た。

黙ってじっと見つめ返してやる。

かれんが口をひらきかけ、また閉じる。唇が小刻みに震《ふる》えている。

「ったく……」ふうっと息を吐きだして、僕は言った。「なんでそうやって、すぐバレる嘘《うそ》をつくかな」

「う、嘘なんて……」

「ついただろ、いま現に」

怒るな、怒鳴るな、とにかく話を聞いてやれ。

呪文《じゅもん》みたいに自分に言い聞かせる。

「っていうか、前ん時もそうだったよな。二度と俺に信用してもらえなくなるんじゃないかと思ったら怖くてたまらなかったとか言って、お前、あれほど泣いたくせにもう忘れたのかよ」

「忘れてない！」と、かれんは震え声で言った。「忘れるわけ、ないじゃない。だけど、ショーリが……やっとショーリが機嫌直してくれたのに、中沢さんと出かけたことなんて言ったりしたらまた怒ると思ったから、」

「また俺のせいかよ」

「だけじゃないけど……でもショーリだって、前の時と同じことしてるじゃない。どうし

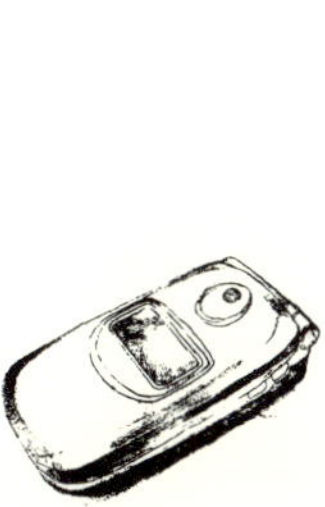

ていつもそんな、カマをかけるみたいな訊き方するの？　答えは初めからわかってるくせに、わざわざ私が嘘つくかどうか試すみたいに……」

「だからさあ、そうやって開き直んなよ」

「私だって、ショーリが最初から『中沢さんとどこ行ったんだ』って訊いてくれたら、駅のそばまでごはん食べに行っただけだって、普通にちゃんと話せたのに。嘘なんて……嘘なんて、つかないで済むならつきたくないのに！」

小さいけれど、悲鳴みたいな声だった。

きっとそれは本心なんだろうな、と、頭のどこか醒《さ》めた隅のほうで思った。つきたくもないものを無理してつこうとするから、こいつはいつまでたっても嘘がへたくそなままなのだ。

「――わかったよ」

再び溜《た》め息《いき》をつくと、

「ご……」かれんが、またぽろぽろとあふれてきた涙を手の甲で拭った。「ごめ……なさい。私ってば、逆ギレなんかしちゃって……う、嘘なんて、つくほうが悪いにきまってるのに」

「もういいって、それは。俺の訊き方もまあ、たしかに悪かったし」

「……」

「――それで？　中沢さんには、何て言って誘われたんだよ」

かれんの白いのどが、こくっと引きつれる。

「ら……ラウンジで話してた時だったんだけど……『知らない土地で、一人で食事するのは侘《わ》びしいから、二時間だけ付き合ってくれませんか』って」

思わず、はーっと音つきの溜め息がもれてしまった。

「あのさあ。なんでそこで断れないわけ？」

「だってあの時は、断るほうがおかしな感じだったんだもの。シフトが終わって、あとは帰るだけだったし、たまたまそこへ来た他の寮母さんとお年寄りたちも、どこのお店がおいしいとか安いとかいろいろ勧めてくれるし……なんていうか、今さら行かないなんて言いだせない雰囲気だったのよ。だいいち、ほんとにデートなんてものじゃないのよ？　帰りだって、家まで送るって言われたのを断って私一人バスで帰ってきたし、ほんとにただ、晩ごはんを一緒に食べたっていうだけのことなのに」

最後の言葉につい、ムッとなった。

「だけのことって言うけど、それだってあいつと二人きりで向かい合って食ったんだろ？　そういうの、俺が知ったら嫌な思いするって思わなかったのかよ」

「……」

「それとも、都合の悪いことは黙っとけばいいやって？　俺にバレさえしなきゃそれでい

いとでも思ったわけ？」

なんて言いざまだ！　と、言った先から自分で思った。

「そんな……」案の定めちゃくちゃ傷ついた目をして、かれんが眉根《まゆね》を寄せる。「そんな言い方しなくたって」

（ああ、くそ）

自分の舌を嚙《か》み切ってしまいたい気分だった。

バレなきゃいいという理屈をこれまで振りかざしてきたのは、かれんじゃない、僕だ。ものを食べられなくなった星野りつ子への罪悪感から、何度も二人で向かい合って飲み食いして、かれんが何も知らないのをいいことに、ずっと欺《あざむ》いてきたのは僕のほうだ。

なのに——自分の言っていることの理不尽さはよくよくわかっているくせに、今はただ、津波みたいに押し寄せてくる嫉妬《しっと》がすべてを吞《の》みこんでしまっていた。理性なんかとっくになぎ倒され、押し流されて、もはや影も形もなかった。

〈もし異性と二人きりで向かい合って食事する夢だったらね。その相手にそれだけ気を許してるってことで、それってまんま、セックスを暗示してるそうだから〉

夢だろうが深層心理だろうが、かれんにはもちろん、そんなつもりなどこれっぽっちもなかったろう。でも中沢氏のほうは絶対、二人きりでとる食事の先に待っているものについて考えたことがあるはずだ。その夜だって考えたにきまっている。

どこかのレストランで向かい合って食事しながら、やつはかれんにいったいどんな話をしたんだろう。かれんのほうは？　僕には話してくれなかったことも、やつにはすんなり打ち明けたんだろうか。たとえば、亡くなったおばあさんのこととか——あるいは、新しい仕事についての悩みとか。社会に出て働いた経験のない僕なんかには言ってもしょうがないと思うようなことでも、中沢氏にだったら心を打ち割って話せるんだろうか。年上で、元同僚で、見るからに頼りがいのありそうなあいつにだったら。

「——かれん」

　低く呼ぶと、薄い肩がぴくっと震えた。

「……なに？」

「お前さ。まさか、中沢さんの気持ちに気づいてないとか言わないよな」

「そ……」かれんが、下唇をかんで口ごもる。「それは……もしかしてそうかな、って思ったことはあるけど」

「は？　もしかしてそうかな？」

「だ、だって、面と向かってはっきり告白されたことなんて一度もないんだもの」臆したように僕から身を離して、かれんは言った。「それなのに、ただ食事に誘われたっていうだけで変に意識して断ったりしたら、思いっきり自意識過剰って感じじゃない」

「自意識過剰って思われちゃイヤなのかよ」

さっきさんざん反省してせっかく抑えこんだはずの負の感情が、またしても腹の奥底からうっそりと鎌首をもたげてくる。

「そんなにあいつに良く思われたいわけ?」

「そうじゃなくて!」かれんが焦《じ》れたように身を揉《も》む。「そんなんじゃなくて……ショーリだって、あの場にいたらわかるわよ。何もあの人でなくても、久しぶりに前の職場の同僚が訪ねてきて、それも東京とかじゃなくて相手は遠くまで来てて……そういう人と、空いてる時間に一緒に食事していろいろおしゃべりするくらい、べつに変なことでも特殊なことでもないじゃない。それにさっきも言ったけど、あの時はそばにいた人たちの手前もあって、断るほうがよっぽどおかしいような流れだったんだもの」

「おかしくていいじゃねえかよ、断れよ!」

(ああ、また声が大きくなっている)

まるでもう一人の自分が自分を観察しているみたいにそう思ったけれど、口だけは止まらなかった。

「そうやって、誰にでもいい顔すんのやめろよ。そういうのを八方美人っていうんだぞ」

「わ……私だって、自分にそういうところがないとは言わないけど、」細い指が膝の上の夏掛けを握りしめた。「でもそれは、べつに誰にでも良く思われたいからってわけじゃないんだってば。ただ、その場の空気が尖った感じになったりとか、そういうのが私、ほんとに……ほんとに苦手なの。相手にいやな思いをさせたりするのがどうしても耐えられないだけなの」

「それで俺がいやな思いをしてもかよ」

かれんがハッとなって口をつぐむ。

「そうやってお前の態度がはっきりしないから、中沢さんだっていつまでもお前にちょっかい出すんじゃないか。食事の誘いなんか、一緒に外へ出てからだって断れたはずだろ。どうしても断りにくかったって言うなら、いっそ俺のせいにすりゃよかったんだ。お前と付き合ってるこの俺が、そういうのをすごくいやがるから、だから二人きりで会うのは困るんだって、はっきりそう言ってやりゃよかったじゃないかよ。なんでそれくらいのことが言えないわけ?」

怒るな、怒鳴るな、話を聞いてやれ。

——だめだ、呪文が効かない。

「今日だってそうだよ。あいつ、急に押しかけてったんだろ? それで車で家まで送ってやるって言われたんだろ? その時、なんで断らないんだよ。前に来た時からまだ半月もたたないのに、わざわざ週末狙《ねら》って顔出すなんて下心見え見えじゃないか。っつうかもう、下心ですらないよな。それこそ面と向かって好きだって言われてるようなもんだよ。そういうやつに、こんな山ん中の家まで送らせて、お前の性格だったら玄関先で帰すなんて出

来るわけがない、俺に言うのとおんなじに、『どうぞ』っつって上がってもらって、『いまお茶いれますね』とか言ってさ。そんな無防備に二人っきりになったりして、万一何かあったらどうする気だったんだよ！」

「そ、そんな……中沢先生はそんなこと、」

かばいだてするような口調に頭にきて、

「する人じゃないってか？」思わず手首をつかむ。「するんだよ、男は、いざとなったら」

こみあげてくる怒りを抑えようとすると、握りしめる手につい力が入る。

「痛っ……」

「なにも無理やり押し倒すとかじゃなくても、なし崩しにそういう流れに持ちこむことくらい、やろうと思えばいつだってできるんだよ」

「痛いってば、ショーリ」

「たとえ最後まではいかなくたって、いきなりキスでもされたらお前どうするつもりだったわけ？　こんな細っこい体で、ろくな抵抗できるわけないじゃないかよ。それとも、中沢さんとだったらそうなってもかまわなかったわけ？」

「そ……」かれんの額に悲痛な皺《しわ》が寄る。「どうしてそういうこと言……」

「だってお前、俺が今日こっちへ来るとは思ってなかっただろ。ホームのほうにはわざわざ口止めまでしてあったんだから。ってことは、ほんとだったら、お前さえ黙ってりゃ、中沢さんが今日来たことも前にメシ食ったことも、俺にバレるはずはなかったたってことだよな」

（やめろ）

「こんなふうにバレなきゃ、ずっと黙ってるつもりだったんだろ？　だいたいお前、駐車場で俺のこと見たとたんにすっげえ後ろめたい顔したもんな」

「し……してないっ」

「俺に見つかったとたん、マズったって思ったんだろ？　ヤバい、何て言ってごまかそうって、」

「思ってないったら！」

「もしかしてさ」

（やめろってもう、そこでやめとけ！）

「お前のほうでもあいつにいい顔してみせたんじゃねえの。『また来て下さいね、楽しみに待ってますから』とか何とかさ。そうでもなきゃ中沢だって、あんなにすぐ図に乗って会いに来たりしねえだろ」

「……ひ……ど……」

つぶやいたかれんの顔が、見るまに、雨に降られた雪だるまみたいにぐしゃぐしゃにゆがんでいく。

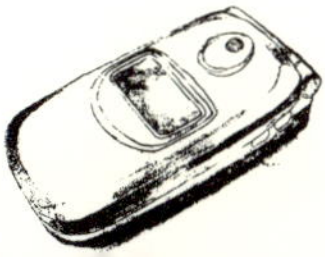

「ひど……い」

「……」

「ねえ、どうしたの、ショーリ。どうして急に、そんな意地悪ばっかり言うの？　私のこと、信じてくれてないの？」

（――どこかで聞いたセリフだ）

そう思ってから、それがどこでだったかを思いだした。

でも、どうやら僕は、若菜ちゃんの彼氏以下だったらしい。

「またそうやって俺のせいにすんのかよ」自分の声が遠くから響く。「お前こそ、疑われたくなきゃ疑われないようにしてみせろよ」

「……！」

その瞬間のかれんの顔を、僕はこの先、一生忘れられないんじゃないかと思う。

（こわれる）

と思った。落ちていくガラスのコップに手をさしのべるような焦燥《しょうそう》に、背中を灼《や》かれた時はもう遅かった。

知らない人間を見るまなざしで、かれんが茫然《ぼうぜん》と僕を見つめる。大きく見ひらかれた目の奥が、裏切られた驚きに、そしてすぐ後から底のない哀しみに塗りつぶされていく。胸にあいた穴を風が通っていくような表情をして、何か言おうとするのに言葉にならない。

それでなくとも青白かった顔から、すーっと色が失せていき……。

　その両目から涙がどっとあふれ出たのと、かれんが僕につかまれていた手をふりほどいて、その手で枕の端をつかんだのはほとんど同時だった。

「痛《い》てっ！」

　腕をあげて頭をかばった僕を、かれんは泣きながら、両手でつかんだ枕で二回、三回とぶった。

「ちょ、やめろって！」

　かれんはきかなかった。うう――っと泣き声で唸っては、顔と言わず体と言わずぶってくる。けっこうな威力にカッと血がのぼり、僕は枕をひったくると、かれんの肩をつかみ返した。

「やっ……」

「かれんっ」

「や、だっ、放し……っ」

「かれんッ！」

　抱きすくめようとする腕を振りほどこうとして、罠《わな》にかかった小動物みたいに暴れながら、かれんはこぶしで僕の肩や胸を叩《たた》いた。

「……リなんか……ショーリなんか嫌い！　大っ嫌い！」

こんな彼女は初めてだった。

「ど……うしてそんなこと、言うの？　ひ……ひとの気も、知らないで、」

「かれ……」

「どぉして、そんなことばっかり、言うのよう！」

（あああもう、くそ！）

暴れる体を抱きかかえようと身を乗りだした拍子に、勢い余って後ろへ押し倒すかたちになってしまった。とっさに僕の胸に腕をつっぱろうとするのを、有無を言わさずねじ伏せる。

細い手首を片方ずつつかんで押さえつけ、真上からその目をにらみつけると、かれんは無言で息を乱しながら負けじと僕をにらみあげ、でも結局は長持ちせずにまた泣きだした。色を失った頬は涙でべたべたで、髪の毛が幾筋《いくすじ》も貼りついている。

間近にその顔を見おろしながら、

「お前の……ほうだろ……」僕は、かろうじて声をしぼり出した。「ひとの気も、知らないのは、お前のほうじゃないかよ」

「………」

「いいかげん、選べよ。中沢さんに、もう二人じゃ会わないってはっきり言うか。それとも、これから先も俺にこういう思いを我慢させとくのか。――どっちか選べ」

かれんが、目尻から新たな涙をこぼす。

ぎゅうっと目をつぶってすすりあげる彼女を、痛々しく、愛しく思う気持ちは確かにあるのに、その一方で胸のうちには、来る日も来る日も彼女からの連絡を待ち続けていた間のあの耐えきれないほどの痛みがよみがえる。入院してたのなんか昨日とおといだけのことで、その前の一週間ほどずっと連絡がなかったのは、やはりかれん自身の意思なのだ。中沢氏と食事に行く暇はあっても、僕にメールする暇はなかったということだ。

離れた場所で、ひたすら待っていることしか出来ない僕がどんな気持ちでいるかなんて、こいつにはきっとわからないんだろう。今のこいつはただ、自分のことだけで精一杯で、ようやく見つけた夢を追いかけるのに忙しくて、僕のことなんかふり返る暇もなくて——そうして僕は結局、いつだって蚊《か》帳《や》の外だ。どんなにそうしたくても、かれんと並んでは歩けない。彼女が苦しいときに、悩みを打ち明けてもらうほどの値打ちもないらしい。

押さえつけたままでいた手首を、僕はゆっくりと放した。

かれんがようやく肩で息をつく。胸が激しく上下しているのは、暴れたせいと言うより、たぶん緊張のせいだ。

「……お前さあ」

もう、苦しい。

もういっそ、すべてをはっきりさせてしまいたい。

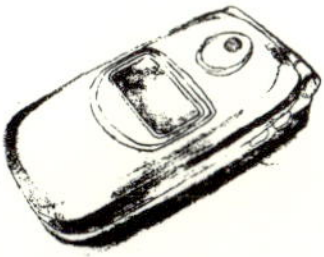

いざ実際にはっきりしたそれが、悪いほうの答えだったりしたら自分がどうなってしまうかわからないままに、言葉は転がり出ていた。

「お前——ほんとに、俺のこと好き？」

「……え？」

「俺のこと、ちゃんと恋人だと思ってくれてんの？」

何を言われたのかわからない顔のまま、かれんが至近距離から僕を見あげてくる。

「それ——どういう、こと？」

「だから……俺がお前のこと想ってるのと、同じ重さで、っていうか同じ意味で、お前がほんとに俺のこと好きだなんてふうには思えないって言ってるんだよ」

「……なに、それ……」

僕は黙っていた。

「どう、して……？　な……でさっきから、そんなことばっ……言うの？」

言葉が、切れぎれにかすれる。電波の良くないところで聞くラジオみたいだ。

「ねえ……」

それでも僕が黙って見ていると、

「……うっ……」

かれんはへんな声をもらして、こらえきれずにまた泣きだした。

「……くっ……ううっ、えっ」

唇がへの字に歪《ゆが》み、眉根にはぎゅうっと皺が寄っている。

「す……き、なのに……。そうじゃなかっ、たら、ショーリにそんなふ……に言われて、こんなに、傷つい、りしない……私だって、ほんとに……ほんとにちゃんと……っ……」

息を長く引くようにしゃくりあげる。さっきあれだけ泣いたくせに、いったいどこにそれだけ溜めてあったんだと思うくらい、新たな涙がぼろぼろとこぼれ出す。

ひくっひくっと引きつれる柔らかな珊瑚《さんご》色の唇を、間近に見たらもう駄目だった。

(ったく……)

ひそかに溜め息をつき、僕は彼女の隣に横たわると、頭の後ろに手をあてて胸に抱き寄せた。とたんに泣き声が大きくなって、

「……リ……ショー……リ……っ」

僕にしがみつき、額をぎゅうぎゅう押しつけるようにして、かれんが身も世もなく泣きじゃくる。濡れた頬に手をあてて上を向かせ、唇を重ねようとすると、いやいやをするように首を振る。

仕方なく、僕はその体に両腕をまわしてきつく抱きしめ直した。

そうして、そっと彼女の背中を撫でた。子どもをなだめるみたいに、何度もくり返し撫でた。そうすることでなだめているのは、本当は自分自身だったかもしれない。

もとより、嫌いで腹を立ててるんじゃない。好きだから——いっそ他の誰の目にも触れさせたくないくらい、その呼吸のすべてを自分のものにしてしまいたいくらい好きだからこそ、こいつの本当の気持ちが目では見えないことにきりきりと不安がつのって苛立《いらだ》ってしまうのだ。そんな苛立ちをそのままこいつにぶつけたって、ただ傷つけるばかりで何も確かめられないことはわかっているのに。

Tシャツの胸に、涙がしみこんでくる。最初じわりと熱くて、すぐに冷たくなっていく。

今さらのように突きあげてくる後悔にどうしようもなくなって、

「……かれん」

耳もとで呼ぶと、僕の胸におでこを押しつけたままの彼女は、ぐしょぐしょに濡れた声でくり返した。

「信……じて……」

「……」

「お願……だか、らし、んじてよ。ほ、んとに私、ショ……りのこと、ちゃんと……ちゃ、んと想っ、て……」

僕は、ゆっくりと息を吐いた。

「うん。わかってるよ」

「わかっ、てない」

「わかってるって。——っていうか……ちゃんと、信じるよ」

「……」

「ごめんな」

かれんがまた、ううう、と唸った。

でも——。

本当の本音を言わせてもらえば、こうしてどんなに彼女が言葉を重ねてくれたって、僕の中の不安がきれいさっぱり消えるわけではないのだった。こいつの〈ちゃんと好き〉を目の前に引っぱりだして、その色合いや手ざわりや重さを僕のそれと比べることができれば苦労はないのに、と思ってみる。

「……きなのに……ちゃん、と」

疲れ果てたのか、もうほとんど声にもならないつぶやきをもらす彼女のあごを、そっと持ちあげて覗《のぞ》きこむ。乾《かわ》く暇のないこめかみを親指の先で拭い、鼻と鼻がくっつくらいまで顔を寄せて、僕は言った。

「ついさっきは、嫌いっつったくせに」

「……」

「『ショーリなんか大っ嫌い』なんじゃなかったのかよ」

「……。大っ嫌い」

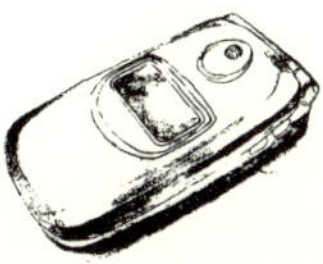

つぶやいて、かれんは自分からぎゅっと僕にしがみついてきた。

三か月半ぶりに交わすキスは、やけに塩辛くて濡れていた。いいかげん泣きすぎて熱くなった彼女の体温を、唇から、吐息から、直接感じる。

僕らはそのままそこで、かれんの布団の上で、何度も、何度もキスをくり返した。

そんなに深いものじゃない。想いの深さとは逆に、唇のてっぺんだけをそっと重ねて触れあわせるような、いつもに比べてもずいぶん遠慮がちなキスがほとんどだったけれど、そのぶんだけ、ひとつひとつが互いへの気遣いに満ちていた気がする。

キスのほかには、二人ともほとんど話さなかった。ただ抱き合って、扇風機のぬるい風に吹かれながら、お互いの息づかいを聞いているだけだった。

時折、遠くのほうからかすかに学校のチャイムが聞こえてきた。のんびりとした、ひどく懐かしい響きだった。

世の中は、いつもどおりの時間で動いているんだな、と思う。こんなに明るい夏の昼下がりに、かれんと二人きりで抱き合って、互いの吐息をやり取りしていることがまだ信じられない。

くり返されるキスの合間に、

「ん……」

かれんが時折もらす声が、たまらなく僕を刺激する。さっきよりもだいぶ落ち着いて、少しは気持ちもゆるんできたらしく、彼女のほうからもおずおずと応《こた》えてくれる。

その柔らかな感触に、僕はだんだんと下半身へ熱が集まっていくのを自分ではどうすることもできなかった。だいたい、三か月以上も触れることのかなわなかった愛しい女が、泣き疲れたせいでくったりと体の力を抜き、洗い髪から甘い香りを漂《ただよ》わせて腕の中にいるのだ。これでどうにかならないほうがどうかしている。

病気だな、一種の……と思う。恋というのはきっと、のどから手が出る病気なのだ。

まるで発作のように、欲しい、という想いがくり返し突きあげてくる。彼女から、言葉以上のものが欲しい。この先ほかの誰がどんなふうに横やりを入れてきたって、いちいち揺るがないで済むくらい確かなものが――彼女との間に、僕にだけ許された特別なつながりが、どうしても欲しい。欲しくて欲しくてたまらない。そう、今すぐに。

(だからって……)

わかってんのか、相手は病みあがりだぞ、と何度も必死で自分に言い聞かせる。なのに、こらえようとすればするだけ、その思いはかえってキリキリと尖り、ドリルのように心臓の奥へ揉みこまれていく。

「……かれん」

思わず口からこぼれた苦しい吐息のような呼びかけに、彼女がはっとなって僕を見つめ

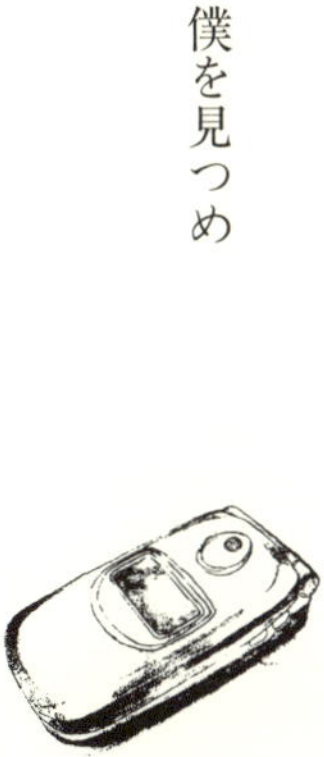

る。その瞳が、涙以外の何かで潤んだようになっているのを見たとたん、

「かれ……ん」

我慢、できなかった。ついさっきまであんなに怒ったり泣いたりしていた彼女に向かって、このタイミングでこんなことを切りだすなんて無謀にきまっているのに、

「……なあ」

きつく抱きしめながら耳もとにささやく声が、どうしようもなくうわずってかすれる。

「……っ」

「――いや、か?」

その意味がちゃんと彼女に伝わったのは、一気に体がこわばったことでわかった。

「なあ」

「………」

「――いや?」

「………」

息を殺し、僕のほうまで体をこわばらせたままで、彼女の答えを待つ。前に鴨川のペンションで過ごした夜、同じように訊いた時だっていいかげん怖かったはずだけれど、あれとはケタ違いの不安で心臓がつぶれそうだ。

やがて――。

かれんの指がひくりと動いて、僕の背中をきゅっと握った。

「や……」消え入るような声がつぶやく。「……じゃ、ない」

電流のようなものが、一気に脊髄《せきずい》を這《は》いのぼるのがわかった。

「ほん……とに？」

かれんが、こくんとうなずく。

「前の時みたいに、無理してるんじゃなくて？」

重ねて訊くと、額を僕の胸におしつけるようにして顔を伏せたまま、今度は首を横に振った。

「……たし、だって」

「え？」

「私だって……ショーリに、ちゃんと信じてほし、いもの」

声は小さくて、震えていた。

「ショーリと、おんなじ気持ちで……おんなじ意味で、ちゃんと……ってこと」

「…………」

全身にじわりと汗が滲《にじ》み、かわりに口の中がからからに干上がる。

それ以上はもう何も言わずに、僕は再びそっと唇を重ねていった。今日初めての、深くて濃いキスだった。

もたつく指先で、パジャマのボタンをはずしていく。ぴくっと体をふるわせるかれんに、よけいなことを何も考えさせまいと、さらに口づけを深くする。そうしている僕のほうこそ、頭の後ろが痺《しび》れたようになっていた。自分の心臓の音が耳にうるさい。

露《あらわ》になった鎖骨に軽く口づけると、かれんののどがひゅっと鳴った。二つめのボタンをはずしたところで、清楚《せいそ》な花模様のブラが半《なか》ば現れる。どうして寝るときまで、と一瞬思ったけれど、それはやはり僕がいたからなんだろう。

パジャマのシャツの、前立ての隙間《すきま》からのぞいて見えるその生地は、白地に淡い水色で刺繡《ししゅう》が施されていた。もし僕が今日ここへ来なかったら、最悪の場合、家まで送ってきた中沢氏がこれを見るなんてことが――。想像しただけで頭に血がのぼる。

「ショーリ」

細く震える声で、かれんが僕を呼ぶ。

「……うん」

「ショー……リ」

「うん」

何か優しい言葉を返してやる余裕すらもなしに、三つめのボタンをはずす。シャツと肩先との間にそっと手を差しいれて、ブラの肩ひもをずらそうと指をかけた時だ。

右手の指先に、強い糸のようなものが絡《から》んで引っかかった。

（……つっ）

シャツをもう少しはだけて目をやる。

（……？）

よく見るとそれは、糸ではなくて、細い銀色の鎖だった。左側の肩ひもの付け根のところに通された鎖の先は、ブラのカップの中へと隠《かく》されている。

痺れた頭のまま、指先でそろりとたぐり出す。最後に引っかかった部分も、ほんの少し力をいれて引っぱると、するりとこぼれ出てきた。

鎖の先っぽについているのは、陽《ひ》を受けてちかりと輝く透明な石だった。ゴマ粒みたいな、ほんとうに小さな小さな……。

（……これっ……て……）

あの、ネックレスだった。僕が去年のクリスマス・イヴに彼女に贈った、あの……。

「な……んで？」

思わず声に出して訊くと、それまでひたすらぎゅっと目をつぶっていたかれんが、おずおずと目を開けた。僕の手の中にあるものを認めたとたん、あ、とつぶやいたその唇が、またひくっと震える。

「そ、それは……あの、ほら……前に、言ったでしょ。ふだん、仕事中は、アクセサリーとか、つけちゃいけないって」

蚊の鳴くような声、というのはこういうののことを言うんだろう。

「それで、いつもは毎日、そうやって肩ひもに通して、む……胸のとこに入れてて。病院でもずっとそのままでいたから」

「だから、なんで?」

「診察の邪魔《じゃま》になるかと思って、」

「じゃなくて。なんでそこまでして?」

「——だって……お守り、だから」

「……」

僕がまじまじと見やると、かれんは目もとを染めてすっと視線をそらした。

「けど——お前さっき、シャワーの後これも着替えたろ。なんでまたわざわざ? 仕事もないんだし、普通につけりゃいいじゃないか」

「そりゃ……いつもはお風呂の後、そうして寝てるけど」かれんは言いにくそうに口ごもった。「あの時はショーリ、すごく怒ってたし……そういう時に、もらったネックレスを急につけてみせたりしたら、なんだか……わざとらしく思われるかなって思って。そういうのは、いやだったから」

白く透きとおった頬の、目の下のあたりだけでなく、今は耳たぶまでが薄く染まっている。

「——毎日？」

「……え？」

「ほんとに毎日、こうやってつけてくれてたわけ？」

答えは、なかった。

かれんが顔ごと横を向いて、僕と目を合わせまいとする。

そんなふうに頬が染まっていてさえ、彼女の顔全体はやっぱり青白くて、最初に病院の前で会ったときより白いくらいで……。

そのことに今さらのように気づいたとたん、さっきまでの頭の痺れがすうっと引くのがわかった。同時に、あの抑えようのなかった欲求までが嘘のように鎮《しず》まっていく。

(——何をやってるんだ、俺は)

こんな顔色の彼女を相手に、まぶたが腫れあがるまで泣かせるような仕打ちをしたやつを、見つけだしてこの手で殴り殺してやりたいと思うくらいなのに、それが自分だというのがいっそ笑える。

二度と這いあがれないような思いで、指にからまる鎖と透明な石を見つめていると、あの夜かれんがささやいた言葉が思いだされて、瞬間、心臓の真ん中がえぐられたように痛んだ。

〈ダイヤモンドって、宝石の中でも最強のお守りなんだって〉

そして彼女は続けたのだ。でも自分は、もっとすごいお守りを持っている。ショーリと、ショーリへの気持ち。それこそが自分にとっての最強のお守りなのだ、と。

……そんなふうに言いつつも、この小さな〈お守り〉を肌身離さず大事にしてくれていた彼女に対して、お前はさっき、何と言った？

〈ほんとに俺のこと好きだなんてふうには思えないって言ってるんだよ〉

〈疑われたくなきゃ疑われないようにしてみせろよ〉

あの、胸に風穴があいたような彼女の表情。

ひどい、と言って肩をふるわせた泣き顔。

「………」

僕は、かれんからそっと体を離して起きあがった。

ネックレスを元どおりに直してやり、はだけたパジャマの襟元をゆっくりかき合わせると、かれんは少しぼうっとした顔で、問いかけるように僕を見あげてきた。

目をそむけ、端っこに寄ってしまっていた夏掛けを引き寄せて上からかけてやる。

「ショー……リ？」

「――ごめん」

かれんはかすかに眉を寄せた。

「ど……したの？　急に」

「俺——最低だな」

かれんが驚いたように首をふる。

「そんなこと、」

「いや。……マジで、最低だよ」

手をついて立ちあがりかけた僕のTシャツの裾《すそ》を、かれんが慌《あわ》てて握る。

「ど、どこ行くの？」

「……」

「ねえ」

黙っていると、気配から何かを察したのか、

「まさか——」彼女の顔色が変わった。「まさか、帰っ……」

「……」

「や、やだ、どうして？　ねえ、やだったら」

かれんの指をそっとはずして立ちあがる。

「ショーリ？　ねえ待って、お願い！　私、また何かいけないこと言った？」

「違うよ」と僕は言った。「お前に怒ってるんじゃない」

「じゃあ何？　ねえ」

自分に腹が立つんだ——そう口に出すことさえ腹立たしかった。

「ねえったら、帰っちゃやだ……」

必死に追いすがろうとする彼女に、

「いいから、寝てろって」ふすまのところでふり返って、僕は言った。「誰も帰りゃしないから」

「ほんとに？　ほんとに絶対？」また泣きだしそうな目をしている。「そんなこと言って、黙っていなくなったりしない？」

「……」

ほんとうは、彼女のそばにいるのがつらかった。あまりにも自分が情けなくて、今はただ、一人きりになりたかった。誰とも、かれんとでさえも一緒にいたくない、この自分自身さえも振り捨ててしまいたい、でも――。

ふだんならともかく、こんなに弱っている彼女を置いて帰れるわけがない。

「すぐ、戻るよ」と、僕は言った。「だから――悪いけど、ちょっとだけ頭冷やさして」

「……」

「おとなしく寝てな。お前、さっきよか具合悪そうだし……って、誰のせいだって感じだけどな」

かれんがまた、かぶりを振る。

僕は、無理に唇の両端を引きあげてみせた。

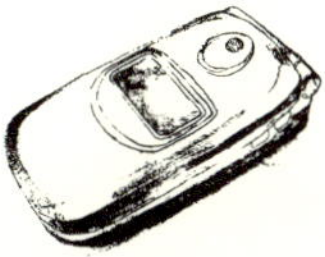

「戻ったら、飯にしよ」

まだ不安そうではあったけれど、

「……ん」

彼女はようやくうなずくと、それ以上は僕を引き留めなかった。

靴を履き、表へ出る。

とたんに、ものすごい日ざしが落ちてきて、歩きだす僕の体をジリジリと灼いた。

頭なんて、冷えるどころではなかった。

いっそのこと、沸いて、煮えて、どうにかなってしまえばいいと思った。

5

もしも「嫉妬《しっと》」という感情がなかったら、生きていくのはどれほど楽になるだろう。

怒りだけなら、抑えこむこともできる。

哀しみだけなら、耐えることもできる。

でも、嫉妬がそこに混じったが最後、いきなりコントロールがきかなくなる。自分の持っている負の感情のなかで、最も手なずけるのが難しいのは、僕の場合それだった。

問答無用で抑えこんだつもりでも、歯を食いしばって耐えてみせたつもりでも、身の内をかけめぐる火のような感情は、やがて必ずどこかに裂け目を見つけて噴出する。一旦閉じこめられることで消えたり鎮《しず》まったりするどころか、かえってぱんぱんにふくれあがって暴走してしまうのだ。まるで、地中のガスが溜《た》まりに溜まった末にとんでもないところからマグマを噴きあげるみたいに。

　女の子のちょっとしたヤキモチは可愛《かわい》いけれど、男の嫉妬なんて醜《みにく》くてかっこ悪いだけだろう——と、理性では思う。

〈ショーリって、もともとすっごいヤキモチ焼きだし、わりとつまんないことですぐ怒るわよ？　たいてい自分じゃ『怒ってない』って言い張るけど〉

　そんなふうに、あのトロくさいかれんにまで看破されていることを、なんだか情けないとも思う。

　でも言わせてもらえば、僕がこんなふうなみっともなさをさらけ出してしまうのは、この世でただ一人、かれんが絡《から》んだ時だけなのだ。前に少しだけ付き合ったことのある女の子には、嫉妬のシの字も見せたことはなかった。相手がクラスの誰と話していようと何も勘ぐったりしなかったし、べつに腹も立たなかったし、だから僕は自分がじつは〈すっごいヤキモチ焼き〉だなんてことに気づく機会さえなかったくらいだ。

　あの頃の僕にとって恋というものは、つるつるとして捉《とら》えどころのない、ただなんとな

く切なくてきれいなだけのものだった。自分のことをわりと淡泊で醒《さ》めているほうだと思っていたから、このさき誰と恋愛しても、まあおおかたこういう感じなんだろうな、などとすっかり悟ったつもりでいた。それがまさかこんな――臓物の裏側までさらけだすような羽目になろうとは。

これこそが恋だというのなら、前に僕がしているつもりになっていたのはいったい何だったんだろう。

こんなにも苦しいものなのに、どうして人は皆、恋をしたいなんて願うんだろう……。

関東地方にようやく梅雨明《つゆあ》け宣言が出されたのは、僕が鴨川から戻った翌々日のことだった。時期としてはほぼ例年並みだそうだが、雨なんてもう何日も降っていなかったし、それどころかすでに連日三十度を超える暑さが続いていたから、今さら梅雨明けなんて言われても間の抜けた感じがするばかりだった。

都会の熱は、夜になっても下がらない。街じゅうのエアコンの室外機が残らずフル回転してごうごうと熱風を吹きだし、アスファルトとコンクリートは昼間ためるだけためた熱を放出するせいで、こうして外にいる限り、どこへ行っても暑さから逃れる術《すべ》はない。今みたいに、午後の部活を終えて体じゅうが火照《ほて》っている時など、手足の先から自然発火しないのが不思議に思えるほどだ。

　ぶっ倒れそうになるのをこらえながら部室にたどりつき、すぐそこの販売機でスポーツドリンクを買って一気に半分以上を飲みほす。長時間、脱水機にかけられたかのようなヨレヨレの気分だった。

　ベンチに座《すわ》りこみ、冷たいボトルを額《ひたい》におしあてて目をつぶる。そうしながら僕は、かれんの家を包んでいた涼やかな夜の気配を思い起こそうとした。

　あそこでは、空気の色までが都会とは違っていたな、と思う。あたりの田んぼの上を吹いてくる風は、水と緑に冷やされて、日が暮れると急にひんやりとする。東京にいる時のくせで窓を開けたまま寝た僕は、明け方、肌寒さに目が覚めてしまったくらいだ。

　――あの家で過ごした二晩。

　短くて長いその二晩を、僕は、かれんの隣の部屋に布団《ふとん》を敷いて眠った。前に、丈《じょう》とこたつで雑魚寝《ざこね》した八畳間だ。

　かれんは何も言わなかった。もちろん、彼女の性格からいって一緒の部屋で寝ようなんて言いだすはずもなかったけれど、万一何かの奇跡が起きてそんなふうに言ってもらえたとしても、あの時の僕にはとうてい受け入れることなどできなかったと思う。久々に会った彼女を感情にまかせてさんざん傷つけてしまったことで、僕自身もまた深く傷ついていたからだ。自業自得《じごうじとく》と言われればそれまでだが、いちばん傷つけたくない相手を傷つけず

にいられないという精神状態は、もとより普通じゃないだけに、めちゃくちゃ消耗するものなのだった。

そのかわり僕は、自分がいる間に出来ることは全部やって帰ろうと懸命に働いた。そんなことが罪滅ぼしになるなんて思っていたわけじゃなくて、ただ、とてもじっとしていられなかったのだ。正直、そうして動いていないと、ふとした拍子にかれんとの間に降りてくる沈黙が怖かったというのもある。かれんのほうは、僕がとりあえず〈頭を冷やして〉戻ってきた後からは可能な限り普通にふるまおうとしてくれていたけれど、それすらも、僕のかかえるどうしようもない後悔や自己嫌悪を思いやってのことに違いないと思うと、やりきれなさはかえって増すばかりだった。

遅い昼飯を食べた後は、かれんを半ば無理やり寝かせ、その間に家じゅうの不具合をひととおりチェックしてまわった。物音を立てないように気をつけながら、前に直しておいた自転車を裏から出し、少し離れた小規模のホームセンターまで行って必要なものを買ってくる。かれんが目を覚ますのを待ってから、引き戸のレールのゆがみを直し、棚のガタつきをビスで留めた。風呂場のタイルのひびはコーキング剤で埋め、破れ目のできていた網戸を張り替えた。

翌日は、無理さえしなければ起きているぶんには問題ないと言い張るかれんを縁側に座らせ、どれが雑草でどれが花の苗なのかいちいち教わりながら庭をきれいにした。小林さんにもらったおかずをアレンジして「そうめんチャンプルー」を作ってやり、午後は再び自転車で買い出しに行って、冷蔵庫と冷凍庫をいっぱいにしておいた。

それから、かれんのたっての頼みで、寝室に蚊帳《かや》も吊《つ》してやった。前に住んでいた老夫婦がやはり物置に残していったというそれは、中に布団を二つ並べて敷けるくらい大ぶりだっただけに、彼女が自分で吊すには重すぎたが、天井には専用の金具も残っていたので作業自体は難しくなかった。

一人の夜は不用心だから、かれんはふだん、窓までもすべてきっちり閉め切って寝るそうだけれど、それでもどこかの隙間《すきま》から虫は入るし、寝る前にすべての部屋にいる蚊を追い出すなんてこともまず不可能だ。でも昔ながらの蚊帳さえあれば、中でほんのしばらく蚊取り線香を焚《た》くだけで、あとは一晩じゅう虫に悩まされることなく安眠できる。

なんでも近頃は、流行《はや》りのナチュラル志向でふたたび蚊帳が見直され始めているらしい。

〈だけど、どうしても化学繊維のものが多いみたい。安いし、軽いから〉

じゃあこれは？　と訊《き》くと、彼女は嬉《うれ》しそうに言った。

〈もちろん本麻よ。縦糸も横糸も、麻百パーセント。やっぱりほんものは、風情《ふぜい》があって素敵よねえ〉

裾《すそ》のほうへいくに従って藍色《あいいろ》が濃くなるぼかし染めのそれは、確かに美しくて、雅《みやび》やかで、吊したところを初めて見たかれんはうっとりと溜《た》め息《いき》をついていた。

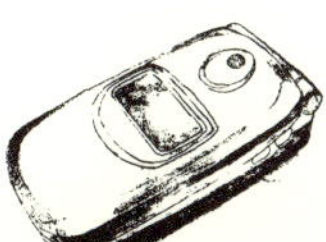

あれ以来、彼女とのメールのやりとりは、だいたい三日に一度か二度の割合で続いている。毎日必ず送り合うなんていう決まり事はやっぱりなくそう、と言いだしたのは僕のほうだ。メールも電話も、義務のように決めてするより、お互いその気になった時にすればそれでいい。そのほうが気楽だし、もらうほうもかえって嬉しいだろ、と。

かれんは少しの間ためらうように口をつぐんだあと、小さくうなずいて、〈ごめんね〉と言った。

その表情がなんだかとても痛々しくて、僕は訊けなくなってしまった。どうして入院する前の一週間ほど、一度も連絡をくれなかったのか。あんなに気になっていたことなのに――入院を知る前は、それを聞くためだけにでも鴨川まで会いに行こうと思っていたくらいなのに、何かを一生懸命こらえているみたいなかれんの顔を見たら、それ以上、責めるようなことは言えなくなってしまった。

今夜もかれんは、あの部屋で眠るのだろう。僕の吊してやった、青い蚊帳の中で。目を閉じた彼女の横顔を、行燈《あんどん》のような形をした和紙のスタンドがぼんやり照らし、窓の外の竹藪《たけやぶ》が時おり、ザザァ……ンと波のような音をたてて揺《ゆ》れる。

せめて、と僕は祈った。――かれんの見る夢がおだやかでありますように。僕がつまらない嫉妬にまかせてぶつけた言葉が、いつまでも彼女を苦しめたりしませんように。そして、次に会う時こそはどうか、彼女に優しくできる自分でありますように、と。

次に会う時……。

そう、昨日の昼間届いたメールでかれんは、今週末に行われるという鴨川の夏祭りに僕を誘ってくれていたのだ。

〈ここの花火は、海に浮かべたハシケから打ち上げられるのだそうです。凪《なぎ》の日なら、海面に花火が映って二倍きれいなんですって。小林さんが、その日は半休でいいから行っておいでって言ってくれました。もしよかったら、ショーリも遊びに来ない？〉

週末まで、あと二日。

でも、とにかくその前に——と思った時、

「おう和泉ィ」

いきなりダミ声で呼ばれて、見ると原田先輩がロッカーの向こうからデカい顔を覗《のぞ》かせていた。

習い性で反射的に立ちあがろうとするのを、いいから座っとけ、と手ぶりで止められる。

「なんだお前、へばってやがんな？　情けねえ」

「や、さすがにこの暑さはちょっと……」と、僕は言った。「先輩と違ってヒト並みなもんで」

「なんだ、口は元気じゃねえかよ」

元気なわけじゃない。こういうのはカラ元気というのだ。

そばへ来た先輩が、ロッカーにもたれかかって腕組みをした。

「お前、どうせ今日はヒマなんだろ。晩メシ、どっか寄ってくか」

先輩がこんなふうに前もってわざわざ誘う時は、言外に、星野りつ子も一緒に誘ってやったらどうだという意味を含んでいるのだけれど、

「すいません、今日は俺……」

「あ？　なんだ、バイトの日じゃねえだろ」

「そうなんスけど、ちょっと別件で用事があって」

「……ふうん？」

いささか不服そうに鼻の穴をふくらませたものの、先輩はそれ以上のゴリ押しはせずに、それはそうとよ、と話を変えた。

「お前さ。こないだっからさっぱり跳ぼうとしなくなったのは、なんか考えがあってやってることか？」

「え……」

口は出さなくなっても、見るべきところは見てるんだな、と思う。

「――それは、はあ、まあ自分なりに」

「そうか。うん、ならいいんだ。ヤケんなって放りだしてるとかじゃないんならさ」

「……そういうのじゃ、ないスから」

「そっか。そんじゃあまあ、納得のいくようにやってみろや。何つっても、お前が気持ちよく跳べるとこまで、ゆっくりでも確実に戻してやることが第一でよ。大会に向けての調整だとかそういうこたぁ、今は二の次でいいんだからな」

「……はい」

「なんかよ。変なたとえか知んねえけど、こういうのって何つうかちょっとこう、記憶喪失みたいな感じしねえ？」

「記憶喪失？」

「ほかのことは全部覚えてんのに、跳び方だけ忘れちまったみたいなさ」

ああ、なるほど、と苦笑がもれる。

「そういえば、そんな感じかもしれないスね」

「だとしたら案外、そのうち何かのきっかけでひょっこり思いだすかもしんねえぞ」

ははは、と笑って僕の頭をトンと小突き、先輩はタオルを片手にシャワー室へ消えていった。

思いっきり人ごとのような物言いではあったけれど、あえてべったり寄り添ってくることをしない、ああいう突き放した態度こそがいわば原田式の思いやりなんだよなと思う。

それくらいことがわかる程度には、あの人との付き合いも長い。

ひとつ溜め息をついた僕は、ベンチから立ちあがり、ロッカーを開けて時計を覗きこんだ。予定の時間から逆算して、シャワーはあきらめることにする。どんなに自分で自分が汗くさかろうと、全身が砂埃《すなぼこり》でざらざらして気持ち悪かろうと、今夜の〈用事〉にだけは絶対に遅れるわけにいかない。

濡《ぬ》れタオルでざっと上半身を拭《ぬぐ》い、着替えた僕はそのまま駅へ向かった。

ちょうど帰宅ラッシュでごった返している構内をひたすら急ぎ、発車まぎわの急行に駆けこむ。車内はそれなりに冷房がきいていたけれど、ここまでほとんど駆け足に近い早足で来たせいで、吊り革を握って立っているだけでも背中を汗がつたい落ちていくのがわかった。

かつては毎日通った駅で降り、最近できたシアトル系のコーヒースタンドに入って、二人掛けの喫煙席に陣取った。店じゅうを見渡してもそこしか空《あ》いていなかったのだ。

騒がしかったりせわしなかったりするのがいやで、ふだんこういう店にはあまり入らないのだけれど、今夜ばかりはこのざわめきや落ちつかなさがかえってありがたかった。あんまり静かな喫茶店なんかでは、いたたまれなかったかもしれない。

外の駅前ロータリーに目をやりながら、適当に頼んだ〈本日のコーヒー〉を上の空ですする。とたんに、

（っちィ……！）

上唇の内側をヤケドしてしまった。

落ち着け、と自分に言い聞かせる。とにかく、落ち着け。

ブルマンベースのコーヒーを、今度はことさらゆっくりと口に運ぶ。飲んでみればそんなにまずくもなかったが、こういう容器だけはやはり好きになれないな、と思う。きっちり手《て》間《ま》暇《ひま》かけた一杯を最高級のカップで供する『風見《かざみ》鶏《どり》』と、ビジネスマンが仕事の合間にひょいと気軽に買っていけるスタンドと、そもそも役割自体が別なのだから比べること自体が間違っているのだろうけれど。

　薄皮がめくれたヤケドのあとを舌先でまさぐりながら、ふと耳をすますと、店内のざわめきを縫うように聞こえてくるのは、覚えのあるギターの旋律だった。

　いつ聴いても懐かしい感じのするシンプルなコーラスに、こわばっていた首筋の力が少しだけ抜ける。

『MORE THAN WORDS』――バンドとしての『エクストリーム』を知らないやつでも、この曲だけは聴いたことがあるだろう。パーカッシヴなヌーノ・ベッテンコートのアコギに合わせて、ゲイリー・シェローンが主旋律を歌う。――ぼくにさわって、ぼくを抱き寄せて、ぼくを決して放さないでくれ……言葉をこえたもの、それこそが、きみに示してほしいものなんだ、と。

なじ意味で、ちゃんと……ってこと〉
〈私だって、ショーリにちゃんと信じてほしいもの。ショーリとおんなじ気持ちで、おん
あの小さくかすれていた声を思い返すと、胸がツキリと痛んだ。
〈私だって〉

——言葉を、こえたもの。

——言葉ではもう、追いつくことのできない何か。

僕だって、それが欲しい。かれんにそれを示して欲しい。はっきり僕に見せて安心させて欲しい。けれど……どんなに欲しくてもそれは、相手に無理強いして得たのでは何の意味もないものなのだ。


「やあ、悪かったね遅れて」

いきなりテーブルの真上から落ちてきた声に、ぎょっとなって目を上げた。

「あ……い、いえ」

いつのまに入って来たものやら、ぼんやりしていたせいで全然気づかなかった。

「職員会議が長引いちゃってね。ずいぶん待たせたかな」

僕は、ごくりと唾《つば》を飲みこんだ。変にうわずった声だけは出したくなかった。

「そうでも、ないです」

「なら良かった。——ええと、どうする？　どこかもう少し、静かなとこへ移動する？」

「いいえ。……中沢さんさえ良ければ、ここで」

「そう？　いいならいいけど。じゃあ、僕も何か頼んでくるよ。きみは？」

「いえ、これがまだありますから」

「じゃ、ちょっと待ってて」

　向かいの席に革のかばんとスーツの上着を置くと、中沢氏はカウンターへ行き、レギュラーサイズのアイスコーヒーらしきものを受け取って、ゆっくりとした足取りで引き返してきた。

　店の中は、僕が入ってきた時よりだいぶすいていた。隣の席にいたカップルも入れかわりにちょうど席を立っていく。

「よかった。これで少しはゆっくり話せるな」

　言いながら、足もとにかばんを下ろした中沢氏が、上着を無造作に椅子《いす》の背にかけて腰をおろす。

「あの……」

「うん？」

「昼間は、急に電話してすいませんでした」

「いや。それほど急でもなかったよ」

「え？」

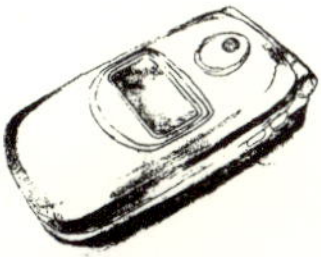

「そろそろかかってくる頃だとは思ってたしね」

「……は？」

「きみからかかってこなかったら、こっちからかけようかと思っていた」

「どういう、意味ですか」

「まあ、それはいいさ」カップのふたを取ってアイスコーヒーをひと口飲むと、中沢氏は一段低くなった声で言った。「きみのほうこそ、どうして電話してきたんだ？　一応そっちから呼び出したんだから、その話をしようよ」

「……」

　何と切りだすかは、さんざん考えて決めてきたつもりだった。

でも、こうして面と向かって座るとうまくきっかけがつかめなかった。相手がふだんどおりに落ち着きはらっているからなおさらだ。せめて、このあいだ鴨川で僕に向けてきた視線みたいにわかりやすい対抗意識をむきだしにしてくれたら、こっちだって受けて立つことができるのに。

「煙草《たばこ》を吸ってもかまわないかな」

　と、中沢氏が言う。よく響く、低めのテノール——そういえば前にホームの人から、〈すっごくいい声の男の人〉と評されていたのを思いだす。

「……どうぞ」

答えるこっちの声まで、つい、いつもより低くなる。

「悪いね。会議からこっち、ずっと我慢してたもんだから」

ボタンダウンの胸ポケットから、あまり見かけない煙草の箱が出てきた。青い箱に羽の生えた兜《かぶと》が描かれた、洋物の煙草だ。

一本くわえ、うつむいて、てのひらで囲いながら火をつける。その一連の動作も、吸いこんだ煙を横のほうへ吐きだす仕草もイヤになるくらいきまっていて、僕は気圧《けお》されまいと背筋を伸ばして座り直した。

「話は、一つだけです」

そうして僕は、ひと息に言った。

「あいつに、ちょっかい出さないでもらえませんか」

中沢氏は、顔色も変えなかった。

たぶん、予想していたんだろう。

「ちょっかいとは、ずいぶんだな」煙に目を細めながら、まっすぐに僕を見る。「もしかしてきみ、自分の想いだけが真剣だとでも思ってる？」

「いいえ」

いくら何でもそんなふうには思っていない。もしそうなら、この人の〈ちょっかい〉がここまで気になるわけがない。

「でも――」

「うん？」

「あいつは、俺のですから」

言ってから、そのセリフが自分の耳にまで陳腐《ちんぷ》に聞こえることに急に焦《あせ》りを覚えた。なんでなんだ。これだけは絶対言おうと決めてきた言葉なのに。

〈いいかげん、選べよ。中沢さんに、もう二人じゃ会わないってはっきり言うか、それとも、これから先も俺にこういう思いを我慢させとくのか。――どっちか選べ〉

かれんにはああ言ったけれど、あいつの性格でそんなこと、選べるはずがない。僕が中沢氏を呼びだすことを決意したのはそのためだった。もちろん、かれんに黙って中沢氏に話をつけることを潔《いさぎよ》しとしない自分もいて、そのせいで数日迷った。それでもやはり一度は会ってはっきりさせない限り、この問題にも自分の中の葛藤《かっとう》にもケリはつけられないのだと悟って、腹の底から覚悟を決めて電話したはずなのに――なのにどうしてこう、言葉だけが上滑《うわすべ》りしていく気がするんだろう。

「『俺のですから』……ね」

案の定、中沢氏は、苦笑《にがわら》いに頬《ほお》をゆがめて言った。

「そんなこと、誰が決めたの」

「――俺です」

日に灼《や》けた目尻に、さらに皺《しわ》が寄るのがわかった。

「ずいぶん子供っぽいことを言うね」

「……」

「なんだか、きみらしくない感じだけど」

「中沢さんを相手に、大人ぶるつもりはありませんから」

くそ。上唇のヤケドがひりひりする。

ふと、〈ガキであることの特権〉というマスターの言葉が頭をよぎった。

でも僕は、少なくとも今この時だけは、そんな特権をふりかざすつもりなどなかった。かれんよりもさらに年上のこの人の前で大人ぶるのは実際バカげているけれど、だからといって、ガキだから失敗しても許されるとか、何度でもやり直しがきくとか、そんなふうに思ったが最後、向かいの席から押し寄せてくる存在感に負けてしまいそうな気がした。

「中沢さんが、あいつのことを真剣に想ってるのはわかってます」

土俵際《どひょうぎわ》で必死に足をつっぱるような思いで、僕は言った。

「けど、はっきり言ってあいつのほうは、何とも思ってやしないですよ。中沢さんとはそんなんじゃないって……ただの同僚でしかないって、俺、あいつの口から何度も聞きましたから」

「なるほど?」中沢氏が、ふっと嗤《わら》った。「それを信じてるわけだ、きみは。おめでたい

ね」

「なっ！」

「考えてもごらんよ。彼女がたとえ、僕のことを男として少しくらいは気に入ってくれてたとしたって、それを今つき合ってるきみに正直に言うかい？」

「そ……」

「言うわけないだろう」

それは――確かに、そのとおりかもしれない。いや、たぶんそのとおりなんだろう。でも僕はあの日、お願いだから信じてほしいとくり返すかれんに向かって、はっきり答えたのだ。ちゃんと信じるよ、と。

「それは、そうかもしれませんけど」煙草のはさまった長い指を見据《みす》えて続ける。「でもたとえそうだとしたって、あいつはきっぱり、俺だけを好きだって言ってくれてるんです。それだけで、俺には充分です」

「………」

「とにかく、俺らの間に中沢さんが入りこむ余地なんてこれっぽっちもありませんから」

――だめだ。強い言葉を重ねていけばいくほど、反比例のように自分のほうが弱い立場に思えてくる。これじゃまるで、往来ででっかい犬に出くわしてキャンキャン吠《ほ》えかかる座敷犬みたいだ。

聞いているようないないような、もっと言えばどうでもよさそうなそぶりで、中沢氏がさほど長くもない灰の先をとんとんと灰皿に落とす。どこか人を食ったその態度に思わずむかついて、目をあげた拍子に――はっとなった。

窓に向かってゆっくりと煙を吐く横顔は、いつもの中沢氏とは別人のようだった。こう言っては何だけれど、とうてい高校の教師には見えなかった。こんな明るいコーヒースタンドにはまるで似合わない、ざらりとした空気を漂《ただよ》わせて、窓の外の雑踏ではない別の何かを目で追っているように見える。

恋人を亡くしたあと長く放浪の旅をしていた――ずっと前に聞いたことのあるこの人の過去が、初めてしっくりと胸に落ちていく。

どれほど深く傷ついたんだろう。そして、どうやってそこから立ち直ってきたんだろう。この人は、僕みたいに自分の感情に振りまわされて誰かを傷つけたりはしないんだろうな、と思う。もしかして……こういう人と付き合うほうが、かれんにとっても……。

「勝利くん」

思わず、びくっとなった。いま――僕はいったい何を考えた？

「……はい」

名指しで呼んだくせに、中沢氏は僕のほうを見ずに、窓に目をやったままだった。

「きみの目には――あのひとはどう映ってるのかな」

「どう……って」

「年上だけど、どこか頼りなくて可愛い、守ってやりたい相手——なのかな」

「何が言いたいんですか」

「僕から見るあのひとはね。芯《しん》の強い、ものすごくしっかりした女性に見える。彼女の持ってるあの優しさは、ありがちな優柔不断さじゃなくて、彼女特有の強さに裏打ちされたものだと思う。ふだんはあのとおり誰に対しても笑顔で接するし、当たりが柔らかいから誤解されがちだけど、おとなしそうでいて、けっこう一筋縄じゃいかないひとだよ」

言い切って、中沢氏は僕に視線を戻した。

「そのへんのこと、きみはちゃんとわかってるのかな。勝手な思いこみで、あのひとを甘く見てやしないか?」

僕は、黙っていた。

そんなことはあんたに言われなくたって、このところイヤというほど思い知らされている。そう思ったけれど、言えなかった。それを口に出すことはつまり、思い知らされる以前はいささか甘く見ていたと白状するも同じことのような気がしたのだ。

僕の沈黙をどう解釈したのか知らないが、やがて中沢氏は、煙草をぎゅっぎゅっと灰皿に押しつけて消すと、短い溜め息をついた。

「まあ——そうは言っても、この場合、仕方がないんだろうな」

「何がですか」

「だからさ。今のところは、僕が引くしかしょうがないんだろうなってこと」

「……えっ？」

「これでも、人のものに手を出すほど悪趣味じゃないんでね」

のどが、勝手にごくりと鳴る。

「それって……人のものだって認めてくれたってことですか」

中沢氏はふっと笑った。

「べつに、きみの言い分を認めたわけじゃないよ。僕は、自己申告しか受け付けない」

「は？」

「それに、」中沢氏はかまわず先を続けた。「きみに言われたからあきらめるんじゃないから、僕は。あのひとにはちゃんと幸せになってもらいたいから――」

言いかけて、ふいに慌《あわ》てたように口をつぐむ。ひどく気まずそうな顔だった。

「はは、何だかな。我ながら、ものすごいクサいことを言ってるな。今のは、忘れてくれると助かる」

「………」

声は笑っていたけれど、目はまったく笑っていなかった。僕も、もちろん笑えなかった。ちきしょう。相手に一歩も二歩も譲らせたのはこっちのはずなのに、なんでこんな、ず

っと優位に立たれたままの気分でいなくちゃならないんだ。

ほとんど飲んでいないアイスコーヒーにふたをした中沢氏が、

「さてと、もういいかな」つぶやいて、煙草の箱を胸ポケットにしまう。「話は、要するにそれだけだったんだろ」

「あ、」

「まだ何かある？」

「いえ。――けど……中沢さんのほうからも俺に電話しようとしたっていうのは、なんでだったんですか」

「ああ。それはもう、いいよ」

「よくないですよ」

「いや。本来、僕が言うことじゃないと思うから」

え、と訊き返したのには答えず、中沢氏はかばんを手に立ちあがった。

同じ男として羨《うらや》ましいくらいのその上背を見るなり、胸の奥がチリッとする。このまま、押されっぱなしで終わるのは耐えられない。

「ひとつだけ、聞かせて下さい」と僕は言った。「さっきの……あきらめるのは彼女に幸せになってもらいたいからだっていう、あの言葉」

「だから、それはもう忘れてくれって言ったろ？」

中沢氏の苦笑いを無視して続ける。

「あれってつまり、あいつを幸せに出来るのは中沢さんじゃなくて俺だって、認めたようなものだと思うんですけど。そこんとこ、わかってて言ったんですか」

中沢氏が、露骨《ろこつ》に眉《まゆ》をひそめて僕を見おろす。

「ていうか、無意識で言ったんだとしても、結局は同じことですけど」

「…………」

無言のままの中沢氏が、ずいぶん高いところから僕を見おろしてくる。

僕は、目をそらさずに見あげた。心臓が、緊張とも興奮とも違う理由でドクドク鳴っていたが、ここで睨《にら》み負けするわけにはいかなかった。

やがて中沢氏は僕から視線をはずし、いかにもうんざりといった感じの溜め息をついた。舌打ちまじりに口の中でつぶやいた言葉が、はっきり聞こえた。

「――っとに、ヤなガキだな」

不思議と腹は立たなかった。

初めてだ、と思った。今夜ここで向かい合ってから、この人の余裕をわずかなりとも突き崩してやることができたのは、この瞬間が初めてで、唯一だった。

と、

「あのう、後ろすいません」

女性の二人連れが隣の席にやってくる。

ああ失礼、と謝ってよけながら、椅子の背にかけてあった上着に袖《そで》を通した中沢氏が、苦々しげにつぶやく。

「知らなかったよ。きみがそんなイイ性格してるとはね」

「……どうも」

「褒《ほ》めてやしないって」

苦笑する口調は、すでにいつもの彼に戻っていた。

ほんとうに一瞬だったな、と思う。

「それと、もういっぺん言っとくけど——僕はきみの言い分を認めたわけでも、きみを認めたわけでもないから。あのひとの言い分を認めただけだから」

「……は?」

「言っただろ。自己申告しか認めないって」

すぐには意味がわからなくて、見あげているだけの僕をあきれたように一瞥《いちべつ》すると、中沢氏はそれきりもう何も言わずにきびすを返し、さっさと歩き去っていった。

視線から解放されたとたん、背骨からカクンと力が抜けた。今になってめまいを覚えるくらい、じつは緊張しまくっていたのだと思い知らされる。

隣のテーブルで始まったおしゃべりも耳に入らないまま、僕は、狭いテーブルの間を大股にすり抜けていくスーツの背中を見送った。

どこから見ても大人の男といった感じのその後ろ姿は、相変わらず、憎らしいほどきまっていた。

6

ドオォウン……と腹の底に響く轟音《ごうおん》とともに打ち上げられた花火が、ぱらぱらぱらと乾《かわ》いた音をたてて四方八方に爆《は》ぜる。あたりを揺《ゆ》るがせたその音が夜空の隅々にまで行きわたって吸いこまれそうになる間際、また次の一発が天頂をめざして駈《か》けあがる。

濃紺《のうこん》の空いっぱいに、色とりどりの巨大な花が次から次へと新しく咲いては幾重《いくえ》にも折りかさなり、少し遅れて響く音に見送られながら気まぐれに尾をひいて流れ、滲《にじ》んでは散っていく。

海が凪《な》いでいれば二倍楽しめる、という話は本当だった。静かな波間に映る花火はまるで夜光虫のように、あるいは星くずを流したかのように美しくて、それらがゆらゆらと優しく揺れて輝く様は、なんだか海の底から送られてくる何かの合図みたいだった。

そう――思えば僕らの間を静かに深めてくれたのはいつも、この鴨川の、果てしなく広がる海と空だった気がする。

初夏の風が吹く砂浜で、子どもみたいに泣きじゃくる彼女を抱きしめた時も。

早春の展望台で、震《ふる》える彼女に初めてのキスをした時も。

そして台風のあと、土砂崩れで帰れなくなって一夜を過ごしたあの時も……。

「ショーリってば……」

隣でクスッと笑う声がした。

「ん？」

「さっきから、海のほうばっかり見てる」

「ああ――うん。花火はわりとどこでも見られるけどさ。こういうのは、なかなか見られるもんじゃないから」

「来て、良かった？」

「もちろん」と僕は言った。「誘ってくれてサンキュな」

「私のほうこそ……」

「え？」

「――来てくれて、ありがと」

僕は、そっと隣に手を伸ばして、かれんの手を握った。

恥ずかしそうにうつむく頬《ほお》を、今またあがった花火がほんのりと彩る。かれんの着ている藍色《あいいろ》の浴衣《ゆかた》にも、花火をかたどったような柄《がら》が白く染め抜かれている。はんなりとした薄桃色の帯が、彼女の優しげなたたずまいによく似合っていた。

僕らがいま座《すわ》っているのは、砂浜に面した遊歩道の堤防だった。春に来た時、丈とどれだけ跳べるか競い合った場所のすぐ近くだ。

鴨川の夏祭りは、どうやらこのあたりではけっこう有名らしくて、道沿いには焼きそばやタコ焼きや綿アメなどおなじみの屋台がびっしりと並び、歩くのもままならないくらいの人出だった。ふだんのこの街を知っているだけに、いったいどこからこれだけの人間が湧いて出たんだと首をひねりたくなる。

堤防の右にも左にも、それに波打ち際へ向かってだんだん暗くなる砂浜のあちこちでも、同じようなカップルが腰をおろして（ただしそのほとんどは僕らよりもよほどぴったりくっつき合って）花火を見あげている。

若い女の子の多くはカラフルな浴衣を着ていたけれど、中には裾《すそ》が妙に短かったり、アクセサリーをじゃらじゃらつけていたり、ともすれば下駄ではなくサンダル履《ば》きで大股に歩く子なんかもけっこういて、そういうのは僕なんかから見るとどうにももったいない感じだった。好きなものを好きなように着て何が悪いと言われればそれまでだが、せっかく日本の祭りに浴衣を着るならやっぱり、正統にしっとり着こなしてみせたほうがずっと粋《いき》なのにと思ってしまう。若菜ちゃんあたりに聞かれたらまた「センセー古〜い」とか言われてしまうのかもしれないけれど。

「……ねえ」

「うん？」

「来年は、ショーリも浴衣着てみない？」

「えっ、俺？」

どぎまぎしながら、だって俺持ってないしと言うと、

「もしショーリさえイヤじゃなかったら、私、頑張って縫ってみようかと思って」

そう言って、かれんは微笑《ほほえ》んだ。

髪を結いあげて露《あらわ》になったうなじが、後ろからの夜店の明かりを受けて白々とまぶしい。

「それとも——着るの、恥ずかしい？」

「う……」

まわりのカップルを見わたしても、女の子は浴衣でも男のほうはまず普通の服装だ。

「まあ、その……正直なとこな」

「そう？　きっと、すごく似合うと思うんだけど」

「——お前は？」

「なに？」

「俺に、着てほしい？」

「ん……。ちょっと、並んで歩いてみたいかも」

期待を隠《かく》しきれずにこっちを見るその顔色は、まだ完全に本調子とは言えないまでも、前よりずっと良くなっている。仕事にも、週半《なか》ばから復帰したそうだ。

僕は、ふう、と溜《た》め息《いき》をついた。

「わかったよ」

「え？」

「これから一年もありゃ、なんとか覚悟も決まるだろ」

かれんは嬉《うれ》しそうに笑って、僕の手をきゅっと握り返してきた。

夕方会ってから、彼女とはずっとこんな感じだった。駅前で落ち合った時には、かれんはもう浴衣姿で（ホームから一度家に戻って着替えてきたのだそうだ）、改札を出てきた僕を見つけるなりぱっと笑顔になって手を振る仕草には、もう何の屈託もなさそうに見えた。歩きだしてから僕が黙って差しだした手にも、はにかみながらではあったけれど、ためらわずに自分の手を滑《すべ》りこませてきたくらいだ。

僕のほうも、今はとにかくこの場を楽しもうと決めていた。考えてみれば、こうして鴨川まで会いに来てかれんとゆっくり過ごすことこそが、ここ数か月来の僕の夢だったはずだ。この前来た時だって、ほんとうはあんなふうに自分の感情に振り回されてキリキリ舞いするんじゃなく、二人きりでいられるせっかくの時間をもっとじっくり味わえばよかったのだ。ほんとうにもったいないことをしたと思う。

そんなふうに、当たり前といえば当たり前のことを落ち着いて考えられるようになったのは、じつのところほんの昨日からだった。おととい中沢氏と会って、なんというか、格の違いみたいなものに打ちのめされ、心身ともにへろへろに疲れ果てて死にそうな気分で一晩寝て起きたら、なぜだか自分でもあっけないほど急に、スコンと平常心が戻ってきていた。それはちょうど、風邪《かぜ》をひいて寝こみ、夜の間に汗をどっとかいたおかげで熱が下がった翌朝の、あのぼうっとだるい感じにとてもよく似ていた。

(自己申告しか認めない、か……)

ああ言われてとっさに意味がわからなかったくらいに、僕は、まさかかれんが自分で中沢氏に断りを入れるなんてことは予想もしていなかった。もしかして中沢氏は、その件も含めて僕に、彼女のことを甘く見てやしないかと言ったんだろうか。

どっちか選べ、という僕の言葉に対して、かれんが僕を苦しめないほうを選んでくれた嬉しさはもちろんある。けれどそれ以上に、彼女にとってはめちゃくちゃ言いづらかったであろうことを無理に言わせてしまった後悔のほうがまさっていて、僕は、今さら勝手だとは思うけれど、あまり手放しに喜べなかった。誰かにいやな思いをさせるのがあれほど苦手だと言っていた彼女が、いったい中沢氏に向かってどんなふうに話をしたんだろう。中沢氏の言っていた「あのひとの言い分」というのを知りたくてたまらなくなる。

でも、それをかれんに訊《き》くわけにはいかなかった。中沢氏を呼び出して会ったことは、彼女には決して言うまいと決めていたからだ。

　自分のいないところで男二人が話をしたなんて知ったら、かれんだってあまりいい気持ちはしないだろうし、またあれこれ気にしてしまうにきまっている。彼女に対して秘密を作ることに後ろめたさがないと言えば嘘《うそ》になるけれど、秘密にしなければならないようなことを、あえて覚悟を決めてした以上は、その後ろめたさを引き受けるところまでが僕の責任であるはずだ。

　中沢氏も、おそらくかれんには言わずに済ませるだろうなと僕は思った。確かめたわけでもないのにそう思えるのは、短い時間であってもああして一対一で真剣に向かい合ったからなのかもしれない。

　ともあれ——こうしてとにもかくにも中沢氏の件に一段落ついた今——あらためて冷静にふり返ればふり返るほど、あの日の自分の馬鹿さ加減がどれほどのものだったかがはっきりわかって、僕はそれこそ頭のてっぺんから花火を打ちあげてしまいそうなくらい恥ずかしかった。自分の気持ちを投げつけるだけ投げつけて、同じものが相手から返ってこないと見るや怒りだすなんて、子どもの駄々でなくて何だというのだろう。そんなのは、相手に対する愛情じゃない。ただの自己愛だ。度を超した自己愛に、嫉妬《しっと》と独占欲が加わると、〈好きだ〉という言葉さえ暴力に変わってしまう。

　あの時かれんにぶつけた数々の言葉への自責の念は、今でも胃の底のほうに漬け物石み

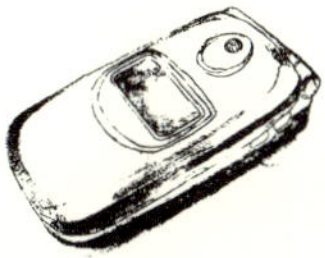

たいに重たく沈んでいた。けれど、だからといっていつまでも僕が浮かない顔をしていたら、またしてもかれんに哀しい思いをさせてしまう。

　この後悔をどうするかは、あくまでも自分の中だけで始末をつけなければいけないことなんだと僕は思った。後悔をいちいち顔に出すのは甘えに過ぎない。そうやってかれんの情に訴えて、「もう気にしてないから忘れて？」などと慰めてもらったのでは何の意味もない。

　恋人同士である以上、甘え合ったり支え合ったりしてもいいことだって沢山あるのだろうけれど、少なくともこのことに関してだけは、僕が一人きりで乗り越えなくちゃならない。何を？　──自分を。これまでの、あまりにも情けない自分自身をだ。

　潮の香りのする空気が、顔のまわりでゆらりと動く。空の上でも少し風が出はじめたらしく、頭上にひろがる花火が流されて楕円《だえん》になる。

　海のほうから火薬の匂《にお》いが漂ってきて、かすかに鼻をついた。

「腹は、もういいか？」

　と訊くと、かれんは微笑んでうなずいた。

「ん。おなかいっぱい」

「まあ、そりゃそうだよな」と僕は笑った。「お前、さっき何食ったっけ？　焼きそば半分食って、タコ焼きほとんど食って、あとイカと焼き鳥と？」

「いいじゃない、もう」と、かれんが唇を尖《とが》らせる。「さっきはほんとにおなかすいてたんだから」

「や、いいっスよ、全然」と僕は言った。「こっちとしても、あんまりガリガリに痩《や》せてないほうが嬉しいし？」

　わざとニヤニヤしながら見やると、

「……」

　期待通りに耳たぶを染めたかれんが、つないでいた僕の手の甲をつねった。イテテ、と手を引っこめながら、

「じゃあさ、なんか飲む？　アイスとか買ってきてやろうか？」

「ううん。それより私……」

　向きを変えて後ろの遊歩道のほうへ降りようとするのに手を貸してやると、彼女はコロンと下駄を鳴らして立ちあがり、僕に向き直った。

「久しぶりに、金魚すくいがしたいな」

「金魚すくいィ？」

「うん。だめ？」

「いや、いいけどさ。お前、まともにすくえたことなんてあるのかよ」

「あー、ばかにしてー」

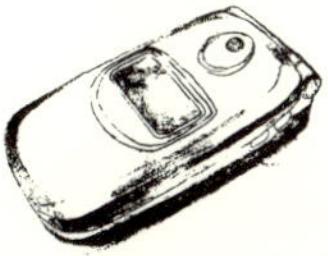

「へえ、あるんだ」

「……ないけど」

思わずぷっと笑ってしまった。

「よっしゃ、任しとけ」立ちあがり、微妙にふくれっ面のかれんの手を引く。「欲しいのがいたら言えよ。いくらでもすくってやるから」

「え、ほんと？」

ほんとほんと、と僕は言った。

「まあ見てなって。金魚すくいの天才と呼ばれた男だぞ、俺は」

＊

山の端《は》に、色も形もみかんの一房のような月がかかっている。

僕らを降ろしたバスが行ってしまうと、あたりに響くのは虫の音と、地の底から湧き起こるような蛙《かえる》の合唱だけになった。

バス停から家まではそう遠くないけれど、途中からがゆるやかな上り坂になっている。歩けるかと訊くと、かれんは「大丈夫」と答えてにっこりした。赤い鼻緒のついた黒塗りの下駄に、夜目にも白い足先がくっきり映えて、それが妙に色っぽい。

街灯もろくにない道を、上弦の月が心許《こころもと》なげに照らしている。歩きながらかれんは、手

に持ったビニール袋を月明かりにかざすようにして、

「ん、元気元気」

中の金魚を透かし見た。白地に赤いぶちの入った小さな和金だ。

「待っててねー、おうちに帰ったらもっと広いところに移してあげるから」

僕が知らんふりをしていると、かれんはなおも続けた。

「でもごめんねー、お友達と一緒じゃなくて。ひとりぼっちで寂しいだろうけど、そのぶん私と仲良くしてねー」

「……悪かったな、お友達まですくってやれなくて」

「うわー、なんだか御機嫌ナナメですねえ、あのおじちゃん」

「誰がおじちゃんだ」

「天才だって、自分で言ってたのにねえ」

「だから悪かったって言ってるじゃないかよ」

結局、金魚はその一匹しかすくえなかったのだった。

昔より絶対ふやけ方が早くなった、あれは金魚屋の陰謀にきまってる、と力説する僕に、かれんは口では「はいはい」と答えたけれど、ちらりと見やると、例によって唇を波線の形に結んで笑いをこらえていた。自分なんか一匹もすくえなかったくせに、ずいぶんな態度だ。

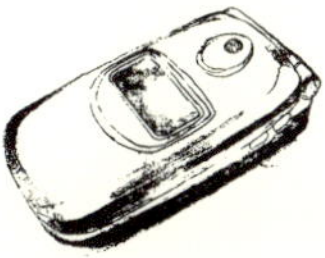

道が上り坂にさしかかる。

やはり下駄では歩きにくいのだろう、とたんに歩幅が小さくなったかれんの手から、僕は金魚を受け取り、かわりに彼女の手を引いてやった。

山ふところに入ったせいで、月が稜線の向こうに隠れる。あたりはいよいよ暗くなり、虫や蛙の声も大きくなった。道の左側、ひろがる田んぼとの間に流れている渓流の水音も、昼間よりずっとよく聞こえる。僕らが通る間だけぴたりとやむ虫の音が、僕らの後ろで再び響き始める。

行く手に小さく、高梨さんの家の明かりが見えてきた。その向こうがみかん畑。家まではもうすぐだ。

「あっ」

と、突然かれんが声をあげた。

「どうした?」

足でも痛めたかと驚いて立ち止まった僕に、

「ほら、あそこ!」

かれんは、つないだままの手で暗がりを指さした。

見ると、渓流に覆《おお》いかぶさるように茂る黒っぽい低木の上を、すうっと強い光の筋が流れた。

「え、今の……うわっ」

　まただ。今度はもっと近くだった。青みがかった黄色の光が、闇《やみ》の中ににじむような曲線を描いてふっと消える。

「……蛍？」

「よね？」

　どちらの声も、しぜんとささやき声になる。

「でも、ちょっと時季が遅くない？」

「や、俺はわかんないけど……お前、今まで住んでて見たことなかったのかよ」

「だって、夜は一人で外になんて出ないもの。こんなすぐ近くで見られるとも思ってなかったし」

　あらためて目をこらすと、蛍はあちこちにいた。かれんの言うように最盛期を過ぎたせいなのか、それとも種類が別なのか――いずれにしても群れと呼べるほどの数ではなかったけれど、都会育ちの僕らにしてみれば充分にたくさんの蛍だった。

　慣れてくるに従って、畦の草むらの中にも、丈高く伸びた稲の間にも、黄色い光がゆっくりと点滅しているのがわかる。

「――こんなふうな……きれいなもの見てるとさ」

　思わずつぶやくと、かれんの顔がこっちを向くのがわかった。

「自分の中にある汚いもんとか、みにくいもんとか……そういうのが、よくわかるな」

「……え？」

すうっと、また蛍が飛ぶ。時に目を射るくらい強いのに、熱というものをまったく感じさせない光。こんな静かな光があるのかと思った。

「俺……お前のこと、好きになってからさ。いいこともそりゃいっぱいあるけど、正直、けっこうつらいことも増えた。好きだって気持ちが強くなればなるだけ、自分の中のドロドロしたものとも向き合わなくちゃならなくなってさ」

かれんは黙っている。

「でも――ただの一度も、もうやめたいなんて思ったことはないんだよな。マスターとか、中沢さんなんかと自分を比べて、何ていうかもう、あまりのちっぽけさにドツボまで落ちこんだこともあるしさ。っていうか、しょっちゅうあるしさ。それでも、お前のことあきらめようなんて、いっぺんも思ったことない。もしかして、もう駄目かもって思ったことなら何度かあるけど、自分からあきらめようと思ったことはないんだ。こんな年下の不甲《ふが》斐《い》ない俺なんかより、中沢さんとかのほうがお前のことちゃんと幸せにできるのかもしれないって……うっかりそんなふうに思っても、すぐ次の瞬間には、絶対いやだって思っちまう。冗談じゃねえ、何考えてんだ、ふざけんなって。お前の隣っていう立ち位置だけは、何が何でも誰にも譲るもんかって。結局――とことん自分勝手なんだよ、俺って」

かれんが、激しく首を振るのがわかった。やっぱり黙ったままだけれど、つないでいる手にぎゅっと力がこもる。

「たぶんさ。ここしばらく俺、ジャンプのほうがすっかり不調でさ。なんにも自信持てるものがないから、それでよけいにヤケ起こしがちだったんだと思うんだけど」

「……今は？」

と、かれんがささやく。

「うん？」

「……ジャンプのほう」

「うん――ここしばらく、わざと跳んでない」と僕は言った。「前はああ跳んでたとか、こう踏み切ってたとかって具合に、頭が頼りにしたがってるものを、いっぺん体から毒を抜くみたいに全部抜いてみたら何か違ってくるんじゃないかと思ってさ。来月の大会がどうなるかは、うーんどうだろ……わからないな。……はは、こんなんじゃ、後輩への示しも何もあったもんじゃねえよ」

情けなさをごまかそうと苦笑してみせると、かれんの白い顔が、暗がりでふっと微笑んだ。

「私には、ジャンプのことはわからないけど……。でも、いい記録を残すことだけが先輩の役割だとは思わないな」

「え？」

「あ、生意気なこと言ってごめんね。ただ——ほら、私、毎日お年寄りを見てるでしょ？あの人たちは、体こそほとんど自由にならないけど、その中でもたくさんのことを私に教えてくれてる。なんて言うのかな。うまく言葉にはならないけど、あえて言うなら、生きていく姿勢とか尊厳とか、そういうこと……なのかな。んー、自分でもよくわからない。でも、たとえばショーリが、今は苦しくても、そこであきらめたり投げだしたりしないで、自力で這《は》い上がろうとするところを後輩たちに見せてあげられたら——それはもしかしたら、大会で優勝してみせることよりも、もっと意味のあるお手本になるかもしれないわよね。だって、みんながみんな優勝することはできないけど、ほとんどの人は不調ってものを経験するはずだもの」

　僕が黙っていると、かれんはちょっと不安そうな顔になって僕を覗《のぞ》きこんだ。

「えらそうなこと言うって、思ってる？」

「まさか」と僕は言った。「かなわないなって思っただけ」

「え？」

「ほんと——かなわないよ、お前には」

　かれんが首をかしげて、曖昧《あいまい》に微笑む。

「私ね。前に、砂浜でショーリの跳んでるとこ見て、ほんとに感動したの。丈もなかなか

のものだったけど、まだ体が出来あがってないって感じだったでしょ？　でも、ショーリってばあんな、大砲の弾みたいな迫力で跳んでいくんだもの。そばで見てて、すごくどきどきしちゃった。思いきりがよくて、素人《しろうと》が見ても無駄なとこが全然なくて……あんなふうに空を飛べたら気持ちいいだろうなあって、うらやましくなっちゃったくらい」

「……」

「あ、私ったらまた……。そんな単純なことじゃないのよね、きっと」

「いや」と僕は言った。「案外、そういう単純なことなのかもしれないな」

あんなふうに跳べたら気持ちいい――か。実際、以前はしょっちゅうそういう気持ちよさを味わっていた気がする。あの感覚を、いったい僕はどこへ置き忘れてきたんだろう。

というより、ここ最近、ただ気持ちよく跳ぼうとしたことなんてあっただろうか。

どこか遠くで、猫がケンカするのが聞こえた。触発されたみたいに犬まで鳴きだす。月はまだ、山の向こうに隠れたままだ。

「ひとつだけ、訊いてもいいかな」

と僕は言った。

「ん？　なあに？」

「先週の――その前のことなんだけどさ。どうして、ずっと連絡くれなかったの」

「……」

「いや、これ、責めてるわけじゃなくてさ」と、慌《あわ》てて付け足す。「忙しかったのはわかってるし……ただ、もしも他にも何か理由があったんなら、それを知っときたいって思っただけだから」

話したくなかったら別にいいよ、と言うと、かれんが少しためらうのがわかった。

でも、彼女はやがて、僕とつないでいた手をそっと放した。そして言った。

「反則だと、思ったの」

「え？」

「今さらショーリに愚痴《ぐち》なんかこぼすのは、いくらなんでも反則だって、そう思ったの」

「反則……？」

「担当してたおばあさんが亡くなった時にね。私、生まれて初めて、『人が死ぬ』ってことがどういうことか思い知らされた。病院とかと違ってホームは、入居者の人とお別れするっていったらほとんどが死別ってことでしょ。つまり、これから先も、私にはただ見送るしかできないってことで……そんなこと、ほんとは最初からわかってたはずなのに、実際にこうして関わってみたら、そんな簡単なことじゃなくて……ほんとにこの仕事をずっと続けていけるのかな、それだけの強さが私にあるのかなって、そんなふうに思い始めたら、ものすごく心細くなっちゃって。でも、今さらそんなこと、ショーリには言えっこないし」

「なんで」

「だって、私がこっちに来る時、ショーリはあんなに無理してくれたわけじゃない？　ほんとは行かせたくなかったって言ってくれて、それでも私のためを思って、最後にはちゃんと応援して送り出してくれたのに――今になって私がそんな弱気なことばっかり言ってたら、きっとすごく頭にくるんじゃないかなって。でなきゃ、幻滅させちゃうって……『今さら何言ってるんだよ』ってあきれられちゃうかもしれないと思ったら、とても言えなくて」

「それってつまり、ほんとは俺に愚痴こぼしたかったってこと？」

「ん……。ていうか、ただいろんなこと話したかっただけなんだけど、話せば愚痴になっちゃうのがわかってたから――それで、電話もできなかったの。そうやって我慢してたら、メールにも書くことなくなっちゃって……いちばん言いたいことが書けないとなると、何を書けばいいんだかほんとにわからなくなっちゃって。とにかく自分なりに気持ちが落ち着くまでは、電話しないようにしようって思ったの。だって、ちょっとでもショーリの声聞いちゃったら、絶対そこで歯止めがきかなくなるにきまってるし、」

「わかった」

　と、僕は言った。

「もういいよ。よくわかったから」

かれんはうつむいて、ごめんなさい、と言った。

「お前が謝ることないって」

「でも、」

「正直なとこさ。俺、ほんと自分でも馬鹿だとは思うんだけど——そういうふうに、お前が悩んだり凹《へこ》んだりしてるの見ると、ごめん、ちょっと近くなったみたいで嬉しかったりするんだ。こんなこと言って、俺のほうこそ、ほんとごめん」

「近くなるって、なに？」

「だってお前、俺なんかよりずっと先行っててさ。なんていうか、考え始めるといつもわからなくなるんだよ。なんでお前が、俺なんかのこと好きでいてくれるんだろうって」

「『なんか』なんて言わないで」

「…………」

「ショーリは、『なんか』じゃないもの。ショーリがショーリだからこそ、私……」

「——うん」

僕は、ひそかに溜め息をついた。

「まあ、とにかく……お前の事情は、ほんとによくわかったけどさ」

かれんが、悲愴《ひそう》な面持《おもも》ちで僕を見つめる。「けど？」

「けど——次からは、あんまりそうやって、一人っきりで頑張りすぎないでくれると嬉し

いかな」

「……え？」

「お前が、一人でもちゃんと頑張れるやつなのは知ってるよ。今回だってそうだったもんな。だけど、あまりにもそうやって頑張られちゃうと、俺の出番がないっていうか、存在意義がなくなるっていうかさ」

「そんなこと、ないのに」

「でもそう思っちゃうんだよ」と僕は言った。「逆の場合を考えてみなよ。お前だって前に、おんなじようなこと言ってたじゃないかよ」

「……………」

「だろ？」

かれんが、眉《まゆ》を寄せたまま、こくんと頷《うなず》く。

「マスターがさ。俺らのこと、似たもの同士だって言ってた。頭でばっか考えすぎるって。確かに、一人で頑張らなきゃとか、できることは自分でやらなきゃとか、そういうふうに考えるのは、必要なことだけどさ。それだって程度問題っていうか……」

言いながら僕は、これまでかれんから送られてきたメールや、彼女との電話を思い起こしていた。春にこっちで働きはじめて以来、他愛ないメールばかりを僕に送り続け、電話でも一度として泣きごとを言わなかったかれん……。その間、もしかして彼女は、ずっと無理していたんだろうか。僕に愚痴なんかこぼしたりすれば、自分で選んだ道だろうと言われてしまうかと思って。あるいは、ほんの少しでも僕にイヤな思いをさせまいと思って。

　ばかだな、と、それを笑うのは簡単だ。

　でも僕には、そうして一人で煮《に》詰《つ》まってしまった彼女の気持ちが、わかりすぎて苦しいくらいだった。遠く離れていることで、ふだんだったらまずしないような遠慮をせずにいられなかったのは、きっと僕だけではなかったのだ。

「頼むからさ。あんまり、とことん思いつめすぎないでよ」

　うつむいたままの彼女の横顔に、僕は言った。

「そういうの、俺にもちゃんと分けてよ。でないと……俺なんか要らないって言われてるみたいな気になっちまう」

「そんな、」かれんが慌てたように顔をあげて、僕の腕をつかむ。「そんなふうに思わないで。ほんとにそんなんじゃないんだから」

「わかってるけど」

「ほんとに、ショーリじゃなくちゃ私……」

「うん。それはわかったたって」

　苦笑混じりに僕が言うと、

「ねえ――」

かれんはためらうように僕から目をそらして口ごもった。

「私……。私ね」

「うん、どした？」

「この前……ちゃんと、断ったから」

「え？」

「……中沢さんに電話して、ちゃんと話したから」

うつむく彼女の襟足《えりあし》を、僕は見つめた。

「なんて話したの？」

かれんが、こくりと何かを呑《の》み下す。

「――ごめんなさいって。でも……もう、二人ではお会いできませんって。そんなふうなこと」

「そしたら？」

「――よくわかりました、って」

僕は、大きく息をついた。

「そっか」

「……」

「なあ」

「……」

「——ごめんな」

かれんが、黙って首を横にふる。

「じゃあ、ありがとな」

かれんは、今度も首をふった。

それきり、しばらくは僕も彼女も、何も言わなかった。

田んぼの上を、すうっ、すうっ、と何匹もの蛍が飛ぶ。光の軌跡が、鮮やかに、やわらかに交差しては消えていく。

僕は、持っていた金魚の袋をかれんに渡して、すぐ脇《わき》のあぜ道を少し降りた。

「どうしたの?」

心細げな彼女の声を背中に聞きながら、穂の出かけた稲の先に目をこらす。

そっと手を伸ばしていって、ぱっとつかんだ。長い葉をそろそろとしごくようにして肝《かん》腎《じん》のそれだけを手の中に残し、かれんのそばに戻ると、

「うそ……」かれんがささやいて、僕の右手を見つめた。「いるの? そこに?」

僕は、彼女の目の前でゆっくり手をひらいていった。

暗がりの中、そろりと這いはじめた黒いだけの虫が、ふいに震えるように発光する。てのひらの皺《しわ》までが鮮やかに照らしだされ、覗きこむかれんの頬までがぽうっと輝いた。

光が消える。発光する。

消える。また発光する。

何度か優しい点滅をくり返したあと、蛍はおもむろに羽を広げて、ふっと飛び立った。

見送るかれんが、僕の頭上へと目をやる。そのわずかに仰向いた表情が、あまりにもあどけなくて、無防備で――。

「あ……」

考えるより先に、思わずキスをしていた。驚いて小さく跳ねた彼女の肩を、なだめるように抱き寄せる。

そうして僕は、もういちど、今度はゆっくりと唇を重ねた。かれんが金魚の袋を落としてしまわないように、片手で彼女の指先をそっと握りながら。

*

彼女の部屋に吊《つる》した、あの薄青い蚊帳《かや》の中――たったひとつだけ敷いた布団《ふとん》の上で、僕らはその夜、初めて抱きあった。

きっかけが何だったのか、僕にはよくわからない。たぶん、かれんにもわからないだろう。ただ、ふと気がつけば舟が岸から離れていた、そんなふうに、いつのまにか僕らはその流れの中にいた。これまであんなに我慢したり、迷ったり、意識しすぎたり行き違ったりしたことが、なんだかすべて笑い話みたいに思えるくらい、それはどこまでも自然な成りゆきだった。

　何もかもが、この時へ向かっていたのだと思った。時が満ちるとは、こういうことだったのかと思った。

　僕が自分の着ていたものを脱ぎ、かれんのそれをそっと脱がしていく間、彼女は必死に目をつぶって、長いまつげの先をふるわせていた。

　だから――いつしか一匹の蛍が蚊帳のすぐ外側にとまっていることに気づいたのは、きっと僕だけだったと思う。

　どこから迷いこんできたのだろう。スタンドさえも消した、月明かりだけが頼りの部屋の中で、その蛍は落ちつきはらって無音の点滅をくり返していた。たった一匹の小さな蛍が投げかける光は驚くほど明るくて、かれんの白い肌が暗がりにぽうっと浮かびあがってはまた沈む。

　その体のどこかに僕の手が触れるたび、かれんは、ぴくんっと震えた。胸はせわしなく上下して、その心臓がどれだけ疾《はや》く走っているかを伝えている。

でも僕にはもう、〈無理してないか〉と訊いてやる余裕などなかった。僕自身がもう、彼女を抱きしめて放さないでいるだけでせいいっぱいだった。

家じゅうの窓を閉めていても忍びこんでくる夜気に、かれんの肩先はずいぶん冷えていて、そこをてのひらで包むように温めてやり、指をのどもとへ、さらにもう少し下へと滑らせていくと、彼女の口から、ふっと強い息がこぼれた。それが半ば声になりかけたことに彼女自身が驚いて、うろたえたように唇をかみしめる。

やがてかれんは、細い腕で僕の両肩にすがりつき、熱くほてった額《ひたい》をぎゅっと胸に押しつけてきた。

目を閉じて、華奢《きゃしゃ》な体をしっかりと抱きしめる。夜はまだ長いのに——そして彼女は確かにここにいるのに、どうしてこんな急《せ》いた気持ちになるんだろう。

手足の爪のひとつひとつまでが、疼《うず》くように痛い。体じゅうをごうごうと流れる血の中に、何か針のような、棘《とげ》のようなものが混ざっているのがわかる。皮膚の一枚下がぴりぴりとして、すべての感覚が腕の中のかれんに向かって尖《とが》りきっていく。傷つけたいわけじゃないのに、こらえればこらえるだけひどく喉が渇《かわ》き、どうしても優しいだけでは済まされなくなっていく。

彼女の体のなかの、これまで一度も触れたことのないところへ僕がそっと手を伸ばしていくと、

「……やっ……」

かれんの声が裏返った。

「待って……お……願い、待っ……」

心臓が、破裂してしまいそうだった。肺がひしゃげてしまうくらい、息が苦しかった。唇を重ねるたびに、脳みそが溶けそうだった。その全部が、相手がかれんでなければありえないことなのだ。

「ショーリ……」

緊張のあまり体じゅうをこわばらせたかれんが、初めて目を開け、今にもこわれそうな表情を浮かべて僕を見あげてくる。

「ショー……リ……」

聞き慣れた呼び名にさえ、思わず胴震いする。背骨を駆けあがる甘い痺れに突き動かされるように、再び唇を結び合わせていく。

すっかり息のあがってしまったかれんの口から、

「んっ……だ……だめ、待っ……」

うわごとのようなつぶやきがもれ、同時に、僕のすることから無意識に逃れようとして身をよじった。

僕は思わず、両手でその頭をひっつかむと、裸の胸に抱き寄せた。僕の心臓の上に、か

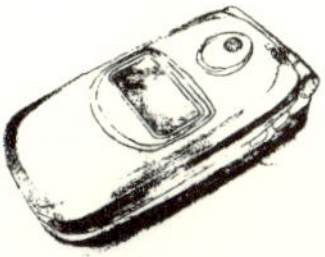

れんの耳をぴったりと押しあててやる。

「あ……」

かれんが、目を見ひらく。

「——わかる？」

かすれ声で、僕は言った。

「——お前だけじゃ、ないから」

「……」

「俺も、おんなじだから」

彼女の眉が、へな、と下がるのがわかった。

……熱い。

かれんの体が、熱い。

ただ熱いということだけしかわからない。

その熱い体の中でも、いちばん熱いその場所へ、僕はきつく目を閉じたまま、自分の体をゆっくりと沈めていった。淡い月明かりの中、言葉のかわりに、互いの熱い息が入り混じる。

——と、かれんがこらえきれずに声をもらした。

はっとなってその顔を覗きこもうとしたとたん、枕もとの蚊帳の外を、黄色い光がすうっと横切るのが見えた。青く透きとおる蚊帳が、わずかに揺れている。蛍が飛んだのは、かれんのつま先が蚊帳の幕に触れて、ゆらりと揺らしたせいだった。

「ショー……リ……」

浅く息を継ぎながら、かれんが僕にしがみついてくる。その腕が僕の首に巻きつき、指が僕の後ろ髪をぎゅっとつかむ。

「……ショ……リ……っ」

僕は、片手で彼女の小さな頭を抱きかかえ、もう一方の腕を折れそうに細い体にまわして、きつく、きつく抱きしめた。彼女の体のうちで、僕の体に触れていないところなどなくしてしまいたい。このまま、こうしてつながったまま、二度と離れなくなればいい。

「かれん……」

こんなこと、今さら言わなくたって伝わってるにきまってる。

それでも僕は、もう一度ちゃんと伝えたかった。言葉をこえるものはたくさんあるけれど、言葉にしなくちゃいけないことだってきっとある。

「かれん……」

声にならない彼女の、熱く湿った吐息《といき》だけが僕に応《こた》える。ずっと目をつぶったままの彼女の耳もとに、僕は、ありったけの想いをこめてささやいた。

「――好きだよ」

とたんに、かれんの体に、おののくような震えが走った。中にいる僕にまで、その震えがはっきり伝わってくるくらいだった。

なんだか泣きたいような思いで、僕はそっと言葉を重ねた。

「――お前は？」

「…………」

かれんの腕が僕の背中にまわり、今までにないくらい強く抱きしめてくる。そうして彼女は、何度も口をひらきかけてはまたつぐむことをくり返した末に……。

ほんとうの気持ちを、ほんの小さな音量で伝えてくれた。

ほとんど聞き取れないくらいの声ではあったけれど、その何より特別な言葉が、耳の底に届いて鼓膜をふるわせた瞬間。

僕は、決して大げさじゃなく――。

この場で誰かに斬り殺されてもいいと、思った。

＊

ぴちゃん、というかすかな水音に、浅い夢がとぎれる。

薄く目を開けると、つい数時間前までは月の光がさしこんでいた窓の外に、菫色《すみれいろ》の空がひろがっていた。まだ眠くてたまらない僕の目に、その控《ひか》えめな明るさがひどく優しく沁《し》みてくる。

すぐ目の前にある小さな頭を、僕は、ぼうっと眺《なが》めた。

これはさすがに現実だよな、と思ってみる。

今度こそ、夢じゃないんだよな。

僕の腕を自分の肩と枕の間にはさむようにして、かれんはむこう向きで眠っていた。その肩先が規則正しく上下しているのを確かめてから、僕はもう少し布団を引きあげ、彼女の背中に自分の胸をしっかりと重ね直した。

（あったけえ……）

遠くでニワトリが鳴いている。

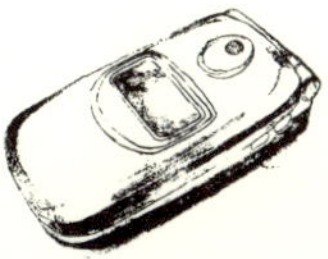

再び、ぴちゃん、と響いた水音は、ゆうべとりあえずブリキのたらいに移されたあの金魚のものだろう。

あとで起きたら、かれんとの約束どおり、庭の隅に転がっているでっかい染付の火鉢を洗ってやらなきゃなと僕は思った。そこに井戸水を張って金魚を飼うのだそうだ。たった一匹にあの火鉢なら大御殿だろう。そういえば、先週自転車で行ったホームセンターの店先に、鉢植えの白いスイレンが並んでいたっけ。かれんに聞かせたらきっと大はしゃぎして、今すぐ買いに行こうとか言いだしそうだ。

〈私……花村の家の娘になれて、よかった〉

さっき、僕が今にも眠りに落ちかけていた時、かれんがぽつりと言った言葉を思いだす。

〈花村家と和泉家が親戚同士だったことも……うちの両親とおじさまの転勤が、あの時たまたま重なったことも……それからもちろん、あなたがいとこでいてくれたことも。だって、そのうちのどれか一つでも欠けてたら、私たち、こういうふうにはなれなかったわけだもの。でしょ?〉

そして彼女は、小声でつけたした。

〈ショーリと会えて……よかった〉

その時には僕はもう、眠りの底深く沈みつつあるところで、最後にどうにか彼女を抱き寄せるだけで精一杯だったのだけれど。

親父が単身赴任して、僕が花村の家で暮らし始めたのが高三の春。

あれから今まで、ほとんどずっと一緒にいて。

ゆうべ、ようやく彼女を抱いて。

と同時に僕は、生まれて初めて知ったのだった。——愛しい相手とひとつになるというのは、こんなにも幸せで、こんなにも哀しいことだったのか、と。

どんなに強く抱きしめて、どれほど深くつながろうとしても、僕と彼女は永遠にひとつのままでいることはできない。僕らは二人とも、結局はひとりとひとりでしかない。

でも、そのことを思い知らされれば知らされるだけ、僕は、かれんがいとおしかった。白い肩先も、柔らかな曲線からなる体も、小さな桜色の爪や、枕にひろがる髪の先まで、男の僕とは何から何まで違ったものでできている彼女のすべてが、愛しくて愛しくてたまらなかった。我が子を敵から守ろうとするあまり自分で丸ごと食ってしまうけものの気持ちが、今ならわかると思えるくらいだった。

かれんとようやくこういうふうになれた今、いろんなことが、不思議なくらい楽になった気はする。

もちろん、だからといって二人の間の何かが劇的に変わったわけじゃないし、この先に起きるすべてのことが、それだけでうまくいくわけもないのはわかっている。僕自身がこれから見つけるべき〈揺るがないもの〉が、彼女とただ抱き合っているだけで手に入るは

ずもない。

でも——とにかく今は、こうしていたかった。あともう少しだけ、満ち足りた夢の中にいたかった。嬉しいことに、この夢は、覚めたあとでも僕のもとに失望をもたらしたりはしないのだ。

後ろからかれんのうなじに鼻先をうずめて、その甘い匂いを吸いこむ。

かれんは今日も、夕方から遅番のシフトが入っている。僕のほうも今夜は帰って、レポートを書かなくちゃならない。あさってには部活があり、その次の日はバイトが待っている。いつもの日常が、あっという間に戻ってくる。

それでも、今だけは……。


また、ニワトリの声がしている。のどかに尾を引く、都会ではなかなか聞けないその声に、思わずふっと笑《え》みがもれる。

そう……今はただ、眠ろう。

愛しいひとと、柔らかなスプーンみたいにぴったりと体を重ねて。この薄紫の、優しい空気の中で。

もぞもぞと寝返りを打ったかれんが、何やらまたわけのわからない寝言をつぶやきながら、僕のふところにもぐりこんでくる。

その頭のてっぺんに、そっとキスを贈って――。
僕は、ゆっくりと目をとじた。

vol.X POSTSCRIPT

とうとう——とうとう第十巻です、皆さん。

このシリーズの第一話が、今はなき『Jump Novel』に掲載されたのが一九九三年の夏。なんとまあ、干支がぐるりとひとめぐりしてしまいましたことよ。

その間に、物語の中でも三年半がたちました。それだけ待った勝利もかなり気の長いやつだとは思いますが、お付き合い下さった皆さんも相当なものじゃないかと(笑)。ほんとうに、心から、感謝しています。

連載開始当時の私は、活字離れしたと言われる十代二十代の若い方たちにも気持ちよく楽しんで頂ける小説を、などと思って書き始めたのでしたけれど、いつからかこのシリーズは私の意図など軽く超えて、さっさと一人歩きを始めていました。十代二十代どころか、時には七十代以上の方からお便りを頂くようになったことも、その表れだと思います。

一作ごとに産みの苦しみは大きくなっていくけれど、そのぶん、皆さんからのお便りを通じて感じられる手応えも比例して大きくなっていく。このVol.10のWEB連載がクライマックスにさしかかったあたりからは、びっくりするような数の感想や応援のお便りが連日寄せられて、サイトの管理人さんも、メガネの担当さまも、以前のおひげの担当さまも、口を揃えて同じことを言いました。

「ムラヤマさんは、ほんとうにいい読者に恵まれてますね」

私も、そう思います。
十年以上にわたって読者の皆さんとこんなふうなキャッチボールができるなんて、書き手冥利に尽きますね。ご恩はまた次の作品でお返しできるように頑張りますので、どうぞこれからも末永く、このキャッチボールにお付き合い下さいますように。

えーさて、今回は嬉しいお知らせが二つあります。

ひとつは、いつもノベルス版と文庫版のイラストを書いて下さっている志田光郷さんの画集が出たこと。『おいコー』のイラストはもちろん、オリジナルも多数収められた素敵な本になっています。詳しいことは、巻末のプロフィールにある志田さんのHPにアクセスしてみて下さいね。

それと、もうひとつのニュースは――皆さんからもご希望の多かった『おいコー』のCDが、いよいよ発売されたこと。タイトルは、『おいしいコーヒーのいれ方　COFFEE　BREAK』といいます（発売元はSONY）。

諸事情あって、さすがに全曲を収めきることまではかないませんでしたが、それでも、これまで各章のサブタイトルとして使ってきた曲の中から、私にとってとくに思い出深いものを集めてみました。収められなかった曲のかわりに、このさき使おうと思っている曲もたっぷり入っています。全十九曲！

選んだ私が自分で言うのも何だけれど、ほんとに素晴らしい名曲ばっかりの、贅沢極まりないアルバムになったと思います。聴けばきっと、ゆったり優しい気持ちになってもらえるはず。

で、そのライナーノートに、私はこんなふうなことを書きました。

〈ここに収められた曲のほとんどは、私にとっては青春の一曲と呼べるものです。どの曲を聴いても当時の思い出が鮮やかによみがえってきて、いちいち胸の奥が甘酸っぱく疼《うず》いたり、ほろ苦く痛んだり、せつなく締めつけられたりします。（中略）

音楽ってほんとに偉大ですよね。今回あらためて全曲を聴き返しながら、自分があまりにも鮮明にそれらの隅々まで覚えていることに感動さえ覚えました。

気にいったレコード一枚を溝が擦りきれるくらいくり返し聴いていたあの頃のほうが、値段も見ずにCDを大人買いできるようになった今よりずっと、音楽を身近に大切に感じていた気がします。だからこそ懐メロというものは誰にとっても特別なんでしょうね。

今の十代、二十代の人たちにとって、たとえば二十年後にどんな曲が〈特別な一曲〉になっているのかなと思うと、とても興味深いです〉

最初に述べた「青春の一曲」については、前に『彼女の朝』文庫版のあとがきに詳しく書いたのでここでは繰り返しませんが——聴くにせよ、演奏するにせよ、いずれにしても音楽は、子どもの頃からいつも私のそばにありました。

ピアノは一時期、音大へ進もうかと思ったくらい好きだったし、耳がいいと褒められたのを真に受けて調律師を目指そうかと思ったこともありました。結局どちらも断念してしまったけれど、むかし習っていたピアノの先生が、子どもの私に半ばスパルタ式の厳しさで、楽譜を初見で読んですぐに弾く技術を叩きこんでくれたのは大きかったなあ。おかげで今でも、自由に音楽を愉しむことができます。あの時はついていくだけで必死で泣きそうだったけれど、今となってはどんなに感謝していることか。

　まあそんなわけで、私の執筆中の息抜きは、ある時はピアノ。ある時はへたくそなテナーサックス。またある時はもっとへたくそなヴァイオリン。教則本やDVDが先生代わりの自己流だから、なかなか思うようにうまくはなりませんが、それでも、自分で楽器を奏でるって愉しいですよー。小説を書く時や、本を読む時とはまったく違う脳みそを使うから、頭の中をじかにつかんで揉みほぐされる感じです。

　ここ最近は、サックスで『STAND BY ME』や『ALL BY MYSELF』を練習中。

　もちろん、CDにはどちらの曲も入ってます。

出来たてほやほやの『おいコー』のコンピレーション・アルバムを聴きながら、勝利とかれんをめぐる物語を、一巻から十巻までゆーっくり読み返して頂く……。

　ついでにおいしいコーヒーが傍らにあれば、もう言うことなしですね。

二〇〇六年　またこの季節に。　愛をこめて

村山由佳

■初出

ALL BY MYSELF
MORE THAN WORDS
集英社WEB INFORMATION
「村山由佳公式サイト COFFEE BREAK」2005年10月~2006年4月

本単行本は、上記の初出作品に、著者が加筆・訂正したものです。

おいしいコーヒーのいれ方 X

夢のあとさき

2006年5月31日　第1刷発行

著　者◉村山由佳　志田光郷
編　集◉株式会社 集英社インターナショナル
〒101-8050　東京都千代田区一ツ橋2-5-10
TEL　03-5211-2632(代)
装　丁◉亀谷哲也
発行者◉堀内丸恵
発行所◉株式会社 集英社
〒101-8050　東京都千代田区一ツ橋2-5-10
TEL　03-3230-6297(編集部)　3230-6393(販売部)　3230-6080(読者係)
印刷所◉大日本印刷株式会社

ISBN4-08-703169-1 C0093